*Y Morfarch Arian*

# Y Morfarch Arian
## *Eurgain Haf*

Enillydd Gwobr y Fedal Ryddiaith
Eisteddfod Genedlaethol Cymru
Rhondda Cynon Taf 2024

bwthyn
GWASG Y BWTHYN

Dymuna'r cyhoeddwyr gydnabod cymorth
ariannol Cyngor Llyfrau Cymru

Cysodi: Dylan Williams
Clawr: Siôn Ilar

Cyhoeddwyd gan:
Gwasg y Bwthyn,
36 Y Maes, Caernarfon, Gwynedd LL55 2NN
post@gwasgybwthyn.cymru
www@gwasgybwthyn.cymru
01558 821275

Argraffwyd a rhwymwyd yng Nghymru ar ran
Llys Eisteddfod Genedlaethol Cymru
gan Wasg y Bwthyn

*I Mam a Dad,*
*fy ngŵr a'm ffrind, Ioan,*
*a 'mhlant a fy myd,*
*Cian Harri a Lois Rhodd*

Diolch i Meinir Pierce Jones
o Wasg y Bwthyn
am ei harweiniad a'i hanwyldeb.
Diolch i Siôn Ilar am y clawr.

# Rhagair

*Greadur cyfrin y culfor. Mae cymaint na wyddant amdanat. Rwyt ti mor wahanol. Mor gymhleth; llesmeiriol. Hynodrwydd dy siâp gyda dy ben ceffyl wedi ei grymu yn wylaidd osgeiddig; yn hirdrwynog heb fod yn ffroenuchel.*

*Dy gorff o liwiau sy'n newid fel cameleon, yn guddliw i'th amddiffyn rhag y bygythiadau o'th gwmpas.*

*Rwyt yn annisgwyl o anghymdeithasol.*

*Yn ynysig ac yn ffafrio dy gwmni dy hun.*

*Wrth i mi blymio i'r dyfnderoedd atat rwy'n dy ddilyn wrth i ti blethu drwy'r dolydd morwelltog. Daliaist fy llygaid wrth i ti ddawnsio'n dalsyth i rythm y llif. Adenydd brau dy esgyll yn siffrwd symud fel rhai aderyn y si. Cyn i ti gyrlio dy gynffon o amgylch angor y cwrel ac edrych tuag ataf, yn ansicr o'm bwriad.*

*Yna, rydym yn cwrdd ac yn troelli mewn dawns freuddwydiol o dan y tonnau.*

*Yn.*

*Un.*

# Bwgan-Beth-Os

*HeliJôsHoncoBost. HeliJôsHoncoBost. HeliJôsHoncoBost.*
Dyma sut y bydda i'n cyfarch fy hun yn y drych bob bora. Mae'n rhaid i mi wneud bob dim deirgwaith. Byth unwaith; dim ddwywaith ac yn bendant nid pedair gwaith. Fentra i wneud dim byd 13, 19 na 51 o weithia. Ac eithrio 91. Dwi'n licio siâp y rhif. Mae lluosrifau 3 hefyd yn dderbyniol. Heblaw am 6. Rhif y diafol.

Mae'r holl obsesiwn yma efo rhifau a chyfri ac ailadrodd yn gallu deud ar fywyd rhywun. Amharu ar lif petha. Ac mae'n argoeli i fod yn flwyddyn anodd. Dwi newydd gael fy mhen-blwydd yn dair ar ddeg.

*Anlwcusirai. Anlwcusirai. Anlwcusirai.*
Mi wnes i drio canslo fy mhen-blwydd. Dwyn perswâd ar Mam i beidio mynd dros ben llestri. Ond waeth i mi heb. Doedd hi heb ddallt be oedd yn mynd mlaen yn fy mhen.

*Eto. Eto. Eto.*
Ac mi gafodd pawb wahoddiad i ddod i'n tŷ ni i gael te parti oedd wedi ei anelu at blentyn saith oed ac mi roedd yn hollol amlwg nad oedd gan neb yr awydd i fod yno. Gan gynnwys fi! Roedd Dad wedi ei orfodi i godi o'i wely yn gynnar cyn dechra ei shifft yn yr ysbyty, ac roedd ei lygaid yn ei chael hi'n anodd gwenu a godda bod yn yr un ystafell â Mam. Roedd Elin yn ysu am gael mynd

allan at ei ffrindiau ac yn gwrthod codi ei phen o'i ffôn, ac roedd Anwen ac Anti Jan wedi piciad draw o ddrws nesa i ddangos wyneb ac i ychwanegu at y niferoedd gan eu bod nhw'n gwybod cystal â fi na fyddai yna neb llawer yn troi i fyny beth bynnag. Roedd Nain annwyl yno, wrth reswm, ac yn bygwth mynd at y piano i godi hwyliau pawb.

Dwi'n meddwl mai esgus oedd fy mhen-blwydd i Mam allu cyfiawnhau agor potel cyn pump o'r gloch, heb i neb gwestiynu hynny. Er, mi roedd yna ddigon o wgu a gwneud llygaid 'yli hon!' a 'bechod drosti' yn yr ystafell yn awgrymu i'r gwrthwyneb.

Fedra i ddim wynebu neb, felly dwi wedi'i gwadnu hi i fyny grisia ac yn cerdded o gwmpas fy ystafell wely yn cyffwrdd petha drosodd a throsodd. Ac am i bawb ddiflannu.

*Sbyduhiamadra. Sbyduhiamadra. Sbyduhiamadra.*

Ac o ganlyniad, dwi'n hwyr i fy mharti fy hun.

*Hwyr. Hwyr. Hwyr.*

Dydi hyn ddim yn syndod i neb. Dwi byth a beunydd yn hwyr. I bob man. Nid am fy mod i'n berson chwit-chwat a 'mhen yn y gwynt. Nid am fy mod i'n anhrefnus chwaith, neu heb glem sut i reoli amser. Ar ôl meddwl, y *fi* ydi'r person mwya trefnus dwi'n ei adnabod.

Y gwir amdani ydi fy mod i'n aml yn cael fy meddiannu gan feddyliau od.

*Od. Od. Od.*

Meddyliau ymwthiol sy'n llamu i fy mhen yn ddiwahoddiad ac yn torri ar draws yr hyn sydd eisoes yn fy meddwl ac yn ymyrryd ar beth bynnag dwi'n digwydd ei wneud ar y pryd.

Bai'r Bwgan-Beth-Os ydi o. Y Llais yma sy'n gweiddi

petha yn fy mhen ac yn gwrthod gadael llonydd i mi. Yn gwneud i mi amau fy hun drwy'r amser fel bod rhaid i mi wirio petha drosodd a throsodd.

BETH OS wnest ti anghofio diffodd y sythwr gwallt yn dy lofft – mi fydd wedi gorboethi ar y gwely ac wedyn yn rhoi'r cynfasau ac yna'r tŷ i gyd ar dân.

BETH OS wnest ti ddim diffodd y tap wedi ymolchi bora 'ma a gadael i'r dŵr ddiferu drwy do'r gegin a chreu llanast uffernol?

BETH OS wnest ti ddim tapio'r bin wîli deirgwaith wrth gerdded drwy'r giât am yr ysgol i wneud yn siŵr na fydd dy ddiwrnod di yn troi allan i fod yn un hollol ...

... rybish, rybish rybish.

Canlyniad y cwestiynu diddiwedd yma ydi fy mod i'n gorfod troi ar fy sawdl yn ôl am y tŷ i wneud yn siŵr nad ydw i wedi gwneud y petha yma go iawn. Ac wedyn dwi'n gorfod cyffwrdd popeth dair gwaith – y sythwr gwallt, 1, 2, 3; y tapiau sinc, 1, 2, 3; pob cornel o'r llunia sy'n crogi yn y pasej, 1, 2, 3; ac yng nghlo'r drws ffrynt, 1, 2, 3. Mae hynny wedyn yn golygu fy mod i yn *hwyr, hwyr, hwyr* yn colli'r bws ysgol ac yn gorfod cerdded bob cam o'r ffordd.

*Boblincingborabron. Boblincingborabron. Boblincing-borabron.*

Ac fel tasai hynny ddim digon drwg, ar ôl i mi gyrraedd mae'n rhaid i mi gerdded o gwmpas yr ysgol gyfan deirgwaith cyn dwi'n gallu rhoi caniatâd i mi fy hun gamu i mewn i'r dosbarth. Dwi'n gwybod fod yr athrawon eisoes yn paratoi i hysbysu fy rhieni ar yr ap fy mod i'n hwyr i'r dosbarth cofrestru, unwaith eto. Dwi'n gallu gweld rhai o'r plant yn pwnio a sibrwd yng nghlustia ei gilydd wrth edrych allan o'r ffenast, gan bwyntio bys tuag ata i.

"Hels-sbels, ma' hi'n hwyr eto!"

"Heli Jôs, honco bost!"

"Heli-dw-lali!"

A fedra i ddim eu beio nhw am alw enwa arna i. I bobl 'normal' mae fy ngweithredoedd yn gwneud i mi ymddangos fel hogan ddw-lal. Hollol boncyrs. Un efo chwinc go iawn arni. Wedi colli ei marblis yn llwyr. Dim llawn llathen. Hanner pan.

*Acynyblaen. Acynyblaen. Acynyblaen.*

Ac oes. Mae gen i gywilydd.

Dyna pam fy mod i'n trio peidio â chymysgu gormod efo eraill. Mae bywyd yn llai cymhleth felly. Does dim rhaid i mi gyfiawnhau'r ffordd dwi'n ymddwyn a fy arferion bach rhyfedd i neb wedyn. I neb ond i mi fy hun.

Anwen drws nesa, am wn i, ydi'r unig un fedra i ei galw yn rhyw fath o ffrind. Rhyw ffrindia-byw-drws-nesa ydan ni, efo'r math o gyfeillgarwch dros glawdd sy'n datblygu pan fo mamau sydd adra efo babis yn cael sgyrsia rhoi-dillad-ar-lein, sy'n naturiol yn arwain at banad un ar ddeg 'rhoi'r byd yn ei le' yn yr ardd efo'i gilydd. A ni'n dwy yn cael rhyddid i gropian a loetran ar hyd y lawnt yn ein clytia, yn cloddio ein bacha bach i faw y borderi a thynnu petalau blodau a rhoi petha 'ach-a-fi' yn ein cegau. Ac weithia mi fyddai ein mamau hefyd yn croesi ffiniau'r clawdd am wydriad o win fin nos a ninna'n cael aros ar ein traed ymhell heibio ein hamser gwlâu.

Dwi'n edmygu gogwydd Anwen ar fywyd. Mae bob dim yn ddu a gwyn iddi hi. A does yna byth arlliw o lwyd neu ryw niwl mawr yn dod i daflu cysgod amheuon drosti. Mae hi yn fy nerbyn i am bwy ydw i ac mae hi wedi hen arfer byw efo fy arferion bach hurt dros y blynyddoedd, heb gwestiynu unrhyw beth. A dweud y gwir, dwi'n destun dipyn o ddifyrrwch iddi, ond mewn ffordd neis.

Pan oeddan ni'n blant, roedd hi'n arfer cael hwyl yn fy nynwared i nes i Anti Jan, ei mam, roi ram-dam go iawn iddi am fynd o gwmpas yn cusanu bob blwch post roedd hi'n ei weld, neu daflu ei bwyd i fyny ar y to cyn ei roi yn ei cheg. A dwi'n dal i gochi wrth gofio'r adeg honno pan ddechreuodd Anwen ddynwared fy arfer i o ddyfynnu llinell o fy hoff hwiangerdd, 'Mynd Drot Drot', bob tro roeddwn i isio dweud 'diolch' wrth rywun. Roedd Llais y Bwgan-Beth-Os yn gwrthod gadael llonydd i mi ac yn mynnu bod yn rhaid i mi ddweud 'Teisen i Sil, Banana i Bil' yn lle 'diolch' neu mi fyddai rhywbeth cas iawn yn digwydd i aelod o fy nheulu.

Hwyl ddiniwed oedd y dynwared i Anwen. Ond doedd Anti Jan ddim cweit yn gweld y jôc.

"Haia Heli, a sut ma' petha adra heddiw?"

Sut mae dy fam, roedd hi'n ei feddwl. Ond dwi wedi sylwi nad ydi pobl yn tueddu i ofyn hynny fel cwestiwn uniongyrchol, am ryw reswm.

"Iawn, *TeiseniSilBananaiBil i chi am ofyn*, Anti Jan," oedd fy ateb inna, gan grymu fy mhen mewn cywilydd a gweddïo y byddai'r llawr yn agor ac yn fy llyncu yn un darn.

Dwi'n cofio'r olwg ddryslyd ar wyneb Anti Jan cyn iddi fentro gofyn yn garedig, "Ac mi wyt titha'n iawn, Heli? Bob dim yn ocê efo chdi?"

"Yndi tad, *TeiseniSilBananaiBil*."

Mae Anwen erbyn hyn yn rholio chwerthin ar deils y gegin a'r dagrau yn powlio i lawr ei gruddiau. Ac mae Anti Jan yn edrych yn hurt arnon ni'n dwy ac yn dechrau colli'i limpin. Does ganddi hi ddim amser i ryw hen lol fel hyn a hitha angen brysio am y syrjeri i ddelio efo pobl sydd wirioneddol yn sâl. Dwi wastad wedi meddwl sut beth fyddai cael mam sy'n ddoctor. Fasa fo'n golygu na fyddai'n rhaid i mi fyth fynd i weld un wedyn?

Mae Anti Jan yn estyn am focs bwyd Anwen ac yn ein certio ni'n dwy drwy'r drws ffrynt ac am yr ysgol, ac allan o'i golwg hi!

"Hwda, Hedydd Anwen, dy focs bwyd."

"*TeiseniSilBananaiBil*, Mam!" ydi ateb smala Anwen cyn iddi afael yn fy llawes a fy llusgo i lawr y dreif tuag at yr arhosfan bws, yn rhuo chwerthin dros bob man.

Dw inna wedyn yn teimlo rêl lemon ac yn cywilyddio ata i fy hun am ymddwyn mor ddigywilydd tuag at Anti Jan druan. Ond doedd gen i ddim dewis. Os na fyddwn i wedi ildio, byddai pob math o betha drwg wedi digwydd i mi'r diwrnod hwnnw. Diolch i'r Bwgan-Beth-Os!

Hogia ydi bob dim gan Anwen dyddia yma, felly dydan ni ddim yn tueddu i wneud cymaint efo'n gilydd.

*Blincinhogia. Blincinhogia. Blincinhogia.*

Mae'n morol mwy efo criw Lara, am ei bod hi wedi cymryd ffansi at ei brawd mawr hi, DJ, a does gan Lara fawr i'w ddweud wrtha i. Mae hi fel hanner athrawon a disgyblion yr ysgol – wedi penderfynu fy mod i'n hogan od.

Od-beth.

Od-ferch.

Od-bod.

# Nain

"Os byddi di fyth angen clust, 'mach i, ffonia ..."

"Nain. Nain. Nain!"

A chwerthin llond ein bolia wedyn.

Ni ein dwy.

Un dda ydi Nain. Mae hi'n fy nallt i. Ac os nad ydi hi bob tro, fydd hi byth yn cwestiynu. Dim ond yn derbyn a chario mlaen i fynd o gwmpas ei phetha, fel taswn i'n un o'r dodrefn yn y tŷ. Yn cymryd ei le yno. Ac mi fydda i wrth fy modd yn eistedd wrth y bwrdd bach broc môr ac yn sbio a gwrando arni yn siffrwd mynd yn ei slipars gan symud y llwch o un lle i'r llall efo'i dystar a phaldaruo efo'i hun o dan ei gwynt.

"Gawn ni banad ddeg mewn munud rŵan ... a gweddill y darten wy ers neithiwr ... ynta fasa honno'n well ar gyfer ein 'te bach' am hanner awr wedi pedwar? ... Ia, te bach ... dyna 'nawn ni. Gawn ni dro ar ganu ar yr organ cyn cinio, am hanner dydd, ac wedyn awn ni i'r afael â'r llanast yn y sied yn y cefn tan amser te, a gawn ni'n dwy hwnnw ar y bwrdd broc môr bach ... Iawn, 'mach i?"

Nodio. Mae'n iawn gen i.

Un sgut am fanylder ydi Nain.

Mi fydda i'n galw ym Morfa bob dydd ryw ben, a hynny ers i mi fod yn ddigon hen i gerdded draw yno fy hun. Yma fydda i'n dod yn syth o'r ysgol ac yn treulio bob penwythnos.

Bwthyn bach morwrol ydi Morfa, dau arhosfan bws,

tri pholyn lamp stryd, un blwch post (yr un y mae'n rhaid i mi ei gusanu), un drws capel sydd wedi ei ddatgorffori ac sydd bellach yn dŷ ha', hefyd o'r enw Morfa, a 721 o graciau yn y palmant i ffwrdd o stepan drws ein tŷ ni. Ers i Taid farw, mae hi'n byw yno ei hun efo'i chath fawr ddu, Twm Siôn Jac.

Dwi'n meddwl fod Nain yn dipyn bach o *hoarder*. Mae yna geriach ym mhob twll a chornel, wedi eu stwffio a'u sodro ar bob wyneb a silff ac arwynebedd o garped neu deilsan llawr. Fel tasai gan Nain ofn gadael lle gwag yn unrhyw le. Ofn gadael bwlch.

Mi fasach yn meddwl fod y fath brysurdeb gweledol ac anghymesuredd yn fy aflonyddu. Ond dydi o ddim. Dwi'n teimlo'n saff yma. Mae waliau gwyngalchog y bwthyn yn fy llonyddu. Dwi'n licio cerdded ar hyd y pasej cul, sy'n gulfor rhwng y gegin fach a'r ystafell wely yn y cefn, a rhoi fy wyneb yn erbyn y cerrig sy'n bochio fel bolia beichiog o'r wal. Yna teimlo sioc yr oerfel yn treiddio i fy ymennydd ac yn rhewi Llais y Bwgan-Beth-Os. Dim ond am ennyd. Fatha bwyta hufen iâ yn rhy sydyn.

Dwi hefyd yn licio ogla tŷ Nain. Mae o'n gymysgedd o ogla ffrio bacwn tatws pum munud – sy'n cymryd oria i'w coginio – sef hoff bryd bwyd Nain a fi, a surni bwyd cath sydd wedi ei adael allan yn rhy hir yn ei bowlen. Twtsh bach o ogla tamprwydd hefyd yn gymysg efo melyster y lafant a'r gwyddfid sy'n ystumio drwy ffenast fach agored y parlwr gora o gyfeiriad yr ardd fach fendigedig sy'n edrych allan am y môr.

Mae Taid hefyd i'w deimlo yma. Ar y silff ben tân mae yna luniau ohono yn ei siwt forwrol a fy ffefryn ohono fo'n dal Mam yn ei freichiau, a hitha'n ddim ond tua dwy oed ac yn gwisgo ffrog wen a'i gwallt wedi ei glymu gan ddau ruban fel pilipala bob ochr i'w phen. Ar y ddresel fawr wedyn ymysg y llestri mae yna gragen fôr fawr binc y daeth Taid â hi yn ôl o un o'i fordeithiau, a dwi'n cofio ei chodi at fy nghlust yn blentyn a gwrando ar sŵn y tonnau yn adrodd hanes ei anturiaethau fel capten llong a deithiodd y byd. Mae yna sawl seren fôr wedi crebachu yma ac acw hefyd, ac yn llenwi cornel bella'r parlwr mae yna danc gwydr budur. Ynddo, mae dau forfarch, yn stiff fel procar, wedi eu cyrlio o gwmpas darn o gwrel plastig, rhad. Creadigaeth Taid ydi cynnwys y tanc ac er bod yr olygfa yn affwysol o hyll, grotésg hyd yn oed, dwi'n gwybod nad oes gan Nain y galon i gael ei wared.

Mae hi'n licio achub petha.

Petha o'r traeth.

Petha Taid.

Hyd yn oed Twm Siôn Jac, y gath y daeth hi o hyd iddi wedi ei chau mewn bin wîli yn hanner marw.

Pan benderfynon nhw eu bod am gau capel Morfa a'i droi yn dŷ ha', mi fynnodd Nain brynu'r hen organ fach, er ei bod yn dwll pry i gyd. Gallwn i ddeall pam. Ar yr organ fach y dysgodd sut i gyfeilio yn y capel, ac mi allwn ei dychmygu fel hogan fach, yn nerfau i gyd, yn ymestyn blaenau ei thraed am y pedalau pren a thrio cydlynu symudiadau ei bysedd ar yr un pryd. Dwi'n siŵr bod Nain wedi troedio milltiroedd ar y pedalau yna, felly doedd hi ond yn iawn iddi gael yr organ a oedd yn gymaint rhan o daith ei bywyd hi a'r nodau yn gyfeiliant i'w gorffennol.

Dw inna wedi treulio oria yn sefyll wrth yr organ, yn canu hwiangerddi a chaneuon Cwm Rhyd-y-Rhosyn yn ei chwmni, a siŵr o fod mai dyna pam dwi'n gorfod ailadrodd cymaint o linellau'r caneuon rŵan. Mae eu hail-ddweud yn dod â sicrwydd i mi; yn lleddfu pryderon ac yn gwneud i mi deimlo'n saff. Maen nhw fel llais Nain yn canu yn dawel i mi. A dwi hefyd yn meddwl fod gan Nain grysh ar Dafydd Iwan!

Ac wrth i Nain ddysgu darnau eisteddfodol i Elin, gan mai gan fy chwaer fawr mae'r llais canu, mi fyddwn i'n eistedd ar lin Taid yn gwrando, a ninna'n stwffio taffi Werther's i'n cega pan oedd Nain wedi troi'i chefn. A finna'n sbio ar ei choesa yn symud fel rhai alarch o dan y dŵr wrth iddi bannu'r pedalau a gwneud siâp ceg ar Elin ar yr un pryd.

"Hwda," fasa fo'n ei ddeud gan wincio'n slei a slipio'r papur aur i'm llaw, a'i law yn crynu gan y 'salwch'. "Cyn iddi'n copio ni."

Dydw i ddim yn siŵr pwy wnaeth achub pwy. Ai Nain achubodd Taid? Ynteu'r ffordd arall rownd? Wnaeth Nain erioed fynd i lawer o fanylder am y peth. Ond bob hyn a hyn mi fyddwn i'n ei chlywed yn siarad efo hi ei hun wrth ddystio ei luniau ac yn sôn lot am rywbeth o'r enw 'y felan'.

"Peth mawr i ddyn ydi gorfod gadael rhywbeth ar ôl," oedd ei geiriau, a'i llygaid yn pwyntio at y môr.

"Mi newidiodd. Doedd o ddim 'run un. Roedd petha'n anodd."

Ac wedyn ei llygaid yn caledu a finna isio dweud wrthi nad oeddwn angen clywed mwy.

"Y fo achubodd fi, cofia. Doedd dim rhaid iddo fo aros. Ond mi 'nath."

Hen deimlad mai gadael petha'n y gorffennol fyddai ora. Fatha'r ddau forfarch hardd yn eu hamgylchfyd hyll. Gadael i betha fod, er nad oeddan nhw'n edrych yn iawn. Yn jario. A pheidio holi mwy.

A finna?

Ai Nain achubodd fi?

Dwi'n bodio'r tlysau arian sy'n crogi oddi ar fy swynfreichled. Y gath fach. Y nodau. Y llong. Y gragen. A'r galon fach arian.

"Dyma chdi, 'mach i. Gwisga hi ddydd a nos ac mi wnaiff ofalu amdanat."

Anrheg Nain i mi ar fy mhen-blwydd yn dair ar ddeg oed.

# Glaw storm

Dwi'n gwneud y petha bach *od* yma er mwyn amddiffyn fy anwyliaid. Y rhai dwi'n eu caru. Atal petha drwg rhag digwydd iddyn nhw.

Fel Nain druan.

A fy mai i ydi o ei bod hi wedi marw.

Wir yr, rŵan, petawn i'n cael fy nharo'n gelan y funud yma!

*Llyncadyeiria. Llyncadyeiria. Llyncadyeiria.*

Mae'n anodd coelio mai dim ond tri mis sydd wedi pasio ers hynny. Ac mae'r diwrnod du hwnnw'n dal i ailweindio yn fy meddwl fel golygfa mewn ffilm arswyd.

Dwi'n cofio'r glaw. Glaw storm. Dwi'n cofio hefyd sefyll ar y tarmac cynnes a drachtio ogla tamp y pafin i'm ffroenau. A gwrthod symud gewyn.

"Heli, ty'd yn dy 'laen, 'nei di, plis!"

Roedd Dad yn sefyll yn agoriad drws bwthyn Nain ac yn dechrau colli mynadd.

*Renault du ...*

"Mae pawb yn aros amdanach chdi!"

*Fiat coch ...*

Ond dwi'n dal i wrthod. Doedd hi ddim yn amser eto.

*Punto piws ... Peugeot arian ... Fiesta glas ...*

*Damia. Damia. Damia.*

Doeddwn i chwaith ddim yn edrych mlaen at fynd i

mewn a gweld Mam a Dad yn rhoi rhyw sioe fawr mlaen er mwyn cadw wyneb a thrio peidio sbwylio petha i Nain, er eu bod nhw'n amlwg yn casáu ei gilydd. Rheswm arall i ddal i sefyll yma i wneud yn siŵr nad aiff dim byd o'i le.

*Fan wen ... Corsa coch ...*

*Fedraimcroesi. Fedraimcroesi. Fedraimcroesi.*

Sefyll yn socian at fy nillad isa.

*Golf gwyn ... Passat gwyrdd ...* a cherdyn pen-blwydd Nain yn bygwth troi'n slwtsh yn fy llaw. Yr inc ar yr amlen wedi dechrau crio, fel fy nhu mewn wrth i mi sefyll yn y glaw yn edrych dros y lôn ar y bwthyn bach, gan deimlo rêl llo cors.

Mae cyrtans net Glenys Geranium sy'n byw dros ffor' i Nain yn tycio fel blew cath llawn chwain ers meitin. Mae'n *gwybod* nad ydi hyn yn ymddygiad normal i hogan ifanc. Ac y caiff bleser o achwyn wrth Mam yn y funud fod ei merch yn sefyll fel delw yng nghanol y glaw, 'yn ymddwyn yn od braidd am rywun o'i hoed hi'.

*Vectra gwyn. BMW gwyrdd. Peugeot sgarlad. Ydi hynna'n cyfri?*

"HELS-SBELS, ma' Mam yn mynd i fflipio os na ddoi di i mewn y munud 'ma!"

Elin. Y Chwaer Fawr. Yn sefyll yn awdurdodol o fy mlaen yn gwisgo het law blastig dryloyw Nain wedi ei chlymu o dan ei gên er mwyn arbed ei gwallt potel du fel y frân rhag gwlychu a cholli lliw. Mae diferyn o'i masgara tywyll eisoes wedi dianc i lawr ei llygad dde gan wneud iddi edrych hyd yn oed yn fwy bygythiol. Mae'n cydio'n fy mraich ac yn fy nhynnu'n frwnt nes i mi neidio fel petawn wedi fy nhryd-anu gan ei chyffyrddiad. Ond dwi'n dal fy nhir.

Does fiw i mi symud. Dim ond dau gar coch sydd wedi pasio hyd yma, ac mae'n *rhaid* i mi weld trydydd car coch cyn y galla i roi caniatâd i mi fy hun gamu i mewn i'r tŷ. Os na wna i hyn, mi fydd holl fygythiadau'r Bwgan-Beth-Os yn cael eu cadarnhau ac mi fydd yna rywbeth drwg yn digwydd i Nain. Mi fydd Mam a Dad yn gwahanu ac yn cael ysgariad ac mi fydd Elin yn mynd i drafferthion mawr efo'r heddlu ac yn cael ei thaflu i'r carchar. Amen.

Ond cyn i mi wybod be sydd wedi digwydd, mae Elin yn cydio'n frwnt yn fy sgrepan ac yn fy llusgo ar draws y lôn gerfydd fy hwdi i mewn i'r tŷ. A dwi'n sefyll yn socian at fy nghroen ym mharlwr Morfa ac yn edrych i fyw llygaid ffeind Nain ac yn cyflwyno'r cerdyn pen-blwydd yn un slwtsh iddi.

"Diolch i ti, 'mach i," medda hitha heb gymryd arni'r olwg oedd arna i. Mae'n agor yr amlen yn ofalus gyda'i bysedd esgyrnog wrth i Twm Siôn Jac neidio ar y soffa wrth ei hymyl i fusnesa a snwffian y papur gwlyb. Mae'n ei ddarllen cyn gwenu, a'i roi yn ôl i mi.

"Rho fo ar sìl y ffenast, yli. Mi ddaw'r haul i'w sychu wedi i'r storm yma gilio'n ôl i'r môr."

A dwi'n ei osod ar y silff fawr lydan, y blodau glas sydd ar y clawr yn llipa wedi i'r corneli gwlyb ddechrau cyrlio. Fel fy nhu mewn inna yn dechrau gwywo.

"Dos i'r stafell gefn i weld be ffeindi di yn y drôr," sibryda Nain yn fy nghlust, fel arwydd i mi fynd i chwilota am ddillad sych yn ei hystafell wely ym mhen pella'r bwthyn. A dwi'n mynd gan anwybyddu chwerthiniad sbeitlyd Elin sy'n gorweddian ar y gadair fach wiail heb edrych i fyny o'i ffôn.

Dwi'n pasio'r gegin ac yn gweld Mam yn hwylio te bach pen-blwydd o frechdanau a chacennau a golwg wedi ymgolli ar ei hwyneb. Fel petai wedi camu'n ôl i le hapus. Mae'n chwibanu ac mae pelydryn o haul sy'n ffrydio drwy'r ffenast yn dal cornel ei hwyneb. Mae'n edrych yn ifanc ac yn dlws.

A dwi'n dychmygu hi'n gwneud yr union ddefod pan oedd hi'n hogan fach, ac yn piciad i'r pantri ar draws y cyntedd efo'r cyrtans nadroedd yn ei wahanu, i nôl siwgr a jam a menyn ar gyfer y sgons y byddai hi a Nain wedi eu pobi y bora hwnnw. Mae'n gosod y cwpanau a'r soseri gora ar hambwrdd bach efo llun cath ddu a gwyn arno, ac mae wedi torri'r crystia oddi ar y brechdanau eog a chiwcymbr a'u gosod yn drionglau twt ar y plât. Yn union fel rydan ni wedi ei neud bob blwyddyn ar ddiwrnod pen-blwydd Nain.

Dydi hi ddim yn sylwi arna i yn pasio a dydw inna ddim am ei styrbio. Dwi am i'r haul hogi ei hapusrwydd am gyn hired ag sy'n bosib. Dwi'n cyrraedd ystafell wely Nain ac yn defnyddio fy môn braich i agor drôr gwaelod yr hen wardrob dderw anferth efo'r patrwm troellog fel mwstásh consuriwr ar ei drysau, ac yn chwilio am ryw hen siwmper a throwsus i'w gwisgo. Un ifanc ei ffordd ydi Nain, felly mae yno ddigon o ddewis o ddillad llachar a lliwgar.

Ac wrth i mi dyrchu dwi'n gallu clywed seiniau'r organ fach yn dod o gyfeiriad y parlwr, sy'n arwydd bod Nain wedi mynd ati i drio codi hwyliau pawb a lleddfu'r tensiwn.

"Daw hyfryd fis Mehefin cyn bo hir
a chlywir y gwcw'n canu'n braf yn ein tir."

Yr un gân fyddan ni yn ei chanu yn ddefodol bob blwyddyn i ddathlu bod Nain a finna'n cael ein penblwyddi fis Mehefin, ac i groesawu dyfodiad yr ha' a phob ha' wedi hynny.

"Tra pery'r gân, pery'r ha'." Dyna fyddai Nain yn ei ddweud.

Ond heddiw, does yna neb yn ymuno'n y diwn gron. Ac mae'r arwyddocâd yn dal i jario fel cordiau amhersain yn fy mhen.

Dwi'n rhuthro yn ôl i mewn i'r parlwr i achub Nain ac i ymuno yn y canu. Mae Elin yn dal i eistedd fel sach o datws ar y gadair fach wiail ac yn sbecian i fyny o'i ffôn gan edrych i fyny ac i lawr ar fy ngwisg fel taswn i'n faw isa'r doman! Mi wnes i lwyddo i ffeindio trowsus cordyrói gwyrdd a blows felen efo llun o gathod du a meddwl fy mod i'n edrych reit ddel ynddyn nhw. Dwi'n dal Elin yn pwyntio ei ffôn tuag ata i a dwi'n gwybod y bydda i'n destun sbeit a gwawd ar ei chyfri Instagram mewn dim o dro. Ac mae hi'n gwybod yn iawn na fedra i wneud dim ynghylch y peth ac nad ydw i am greu ffŷs a sbwylio diwrnod pen-blwydd Nain.

Mae'r Bwgan-Beth-Os yn fy herian i weiddi dros y lle arni,

*Sdwffiachdirgnawashyll. Sdwffiachdirgnawashyll. Sdwff-iachdirgnawashyll.*

Ond daw Mam â'r hambwrdd bach llwythog o de bach prynhawn i lenwi'r bwlch yn y drws a chamu i'r adwy. Mae'n ei osod yn ofalus ar y bwrdd broc môr heb ddweud gair, ac yna'n cymryd lle Nain ar y soffa fach ac yn mwytho pen Twm ac yn syllu'n bell drwy'r ffenast ar fwa'r enfys ar y gorwel wedi i'r glaw gilio. Ei llygaid gwag yn chwilio am ryw drysor anweledig. Ac mae Dad, yn ôl ei arfer, yn cymryd drosodd ac yn dechra hwylio'r plât brechdanau o gwmpas i bawb a thollti'r te.

Ac mae Nain yn dal ati i bedlo'r organ a dyrnu'r nodau a dwi'n mynd i sefyll wrth ei hymyl ac yn ymuno i forio'r dôn gron ar dop fy llais.

"Braf yn ein tir, braf yn ein tir,
Gwcw, gwcw, gwcw'n canu'n braf yn ein tir."

§

Drannoeth bu farw Nain.

Roeddwn i'n gwybod y bydda hi.

Ar Fehefin y chweched.

Y chweched dydd o'r chweched mis am chwech y bora (siŵr o fod).

666.

Gwaith y diafol.

A finna'n dair ar ddeg oed.

# Yr Angladd

Roedd colli Nain yn dipyn o sioc. A fedrwn i ddim crio gan mai fi laddodd hi. Roeddwn i'n dal yn gandryll efo fi fy hun am beidio dal fy nhir ac aros nes i mi weld un car coch arall yn pasio cyn camu drwy ddrws Morfa. Ond yn hytrach, mi adewais i Elin gerdded drosta i. Eto.

*Geithhidaluamhyn. Geithhidaluamhyn. Geithhidaluamhyn.*

Ac wedyn, llyncu fy ngeiriau. Mae'n amlwg i mi erbyn hyn fod fy meddyliau yn beryglus ac nad oes pen draw i'r hyn y gallen nhw ei gyflawni. Ac er fy mod i'n casáu Elin ar y funud, doeddwn i ddim yn siŵr os oeddwn i isio iddi hitha farw hefyd.

Tybed oedd pawb arall yn gallu gweld drwydda i? Yn gwybod mai fi oedd y llofrudd tawel? Roedd y diffyg emosiwn ar fy wyneb a'r ffaith nad oeddwn i wedi colli deigryn eto yn bownd o adael y gath o'r cwd a gwneud i bobl siarad amdana i.

"A hitha'n gymaint o hogan ei nain."

"Byw a bod yno."

"A'i nain fwy neu lai wedi ei magu yr holl flynyddoedd."

*Dosichwaradynain. Dosichwaradynain. Dosichwara-dynain.*

A gorfod rhedeg i fy llofft wedyn o olwg pawb rhag i fy ffieidd-dod ffeindio ei ffordd o fy ymennydd i lawr fy nghorn gwddw ac i'r geiriau ddianc drwy ogof fy ngheg yng nghlyw pawb.

Roedd y tŷ fel ffair drwy'r wythnos yn arwain at yr angladd. Pobl yn galw rownd yn gwisgo wynebau 'ddrwg iawn gen i glŵad', 'sut wyt ti'n ymdopi, Siân fach?', 'mi a'th hi'n sydyn yn diwadd, yn do?' ac 'oes yna rwbath alla i ei neud i helpu?' A finna'n cwrcwd ar waelod y grisiau yn gwrando ar y cyfan, ar y trydydd gris, ac yn pwyso fy mhen ar drydydd polyn y canllaw. Fy hoff un. Yr un efo'r paent gwyn sydd wedi dechrau plicio gan ddangos y pren oddi tano sy'n ffurfio siâp wyneb Iesu Grist efo locsyn hir.

Roeddwn i'n gwingo wrth glywed Mam yn ailadrodd yr un hen betha wrth i'r wythnos fynd yn ei blaen, gan roi mwy o lastig ar y gwir. Roedd hynny, wrth gwrs, yn dibynnu hefyd ar ba amser o'r dydd y byddai rhywun yn galw a faint o win fyddai Mam wedi ei gael erbyn hynny. Byddai Elin yn eistedd wrth ei hochr yn dal ei llaw, yn smalio bod y ferch berffaith. Ac yn siarad drosti. A Dad wedyn yn ffysian, yn hwylio te a bisgedi, yn gwneud unrhyw beth i beidio gorfod aros yn yr un ystafell â Mam a wynebu'r olygfa druenus oedd yn amlwg i bawb arall.

Roedd Mam wedi gadael i'w hun fynd. Mi gymerodd amser i ffwrdd o'r gwaith i alaru. *Special leave.* Doeddwn i 'rioed wedi gweld neb yn galaru o'r blaen felly doeddwn i ddim yn siŵr be i'w ddisgwyl. Doedd hi ddim yn crio lot; ddim yn ystod y dydd, beth bynnag. Dim ond gorwedd ar y soffa yn gwylio rhaglenni cachlyd ar y teledu neu'n ymgolli yn ei ffôn gan ffeindio cysur yn sylwadau llawn cydymdeimlad ei 'ffrindiau' ar Facebook. Ac yn yfad paneidiau o goffi rif y gwlith cyn hitio'r gwin unrhyw bryd ar ôl tua thri o'r gloch. *Gwin o'r gloch!* Doedd hi ddim yn brwsio ei gwallt yn y bora nac yn rhoi arlliw o golur, ac roedd wedi byw yn yr un hen jogyrs tyllog drwy'r wythnos oedd erbyn hyn yn slops coffi a gwin i gyd. Roedd hi hyd yn oed yn ogleuo'n stêl! Mi fyddai hi'n union yn yr un lleoliad ar y soffa o'r eiliad y byddwn i'n mynd i'r ysgol yn y bora i pan ddeuwn i adra, hyd yn oed os oedd ymwelwyr wedi galw. A'r unig wahaniaeth allwn i ei weld oedd falla bod y cwpanau coffi wedi eu cyfnewid am wydriad o win erbyn hynny.

Mi gymerodd Dad ddeuddydd i ffwrdd o'i waith i ofalu amdani, er nad oedd y ddau'n gallu aros yn yr un ystafell am fwy na dwy eiliad cyn dechrau gweiddi ar ei gilydd. Ac roedd yr enw Morlais yn cropian i fyny bron ymhob ffrae.

Mi fentrais holi Elin pwy oedd Morlais.

"Sut dwi fod i wybod, clustia bach?" gwawdiodd hitha wrth wthio fy mhen yn fwriadol yn erbyn trydydd polyn y canllaw a tharo fy nghlust yn erbyn y pren. "Un o *fancy-men* Mam, siŵr o fod," gwamalodd. "Eniwe, pam na 'nei di ofyn iddi dy hun yn lle cuddiad yn fa'ma fatha rhyw *saddo*."

A gwthio heibio i mi i fyny'r grisiau cyn i mi gael cyfle i lamu i lawr a chael fy nhraed yn saff ar deils coch y lobi. A throi'n ôl i grechwenu ar yr hyn a wyddai fyddai'n digwydd nesa a gwneud arwydd 'L' ar ei phen efo'i bysedd. Dwi'n neidio ar fy nhraed yn syth bìn er mwyn niwtraleiddio'r anlwc mae hi wedi ei greu drwy fy nghroesi ar y grisiau ac yn dechrau rhedeg i fyny ac i lawr saith gwaith, gan fy mod i'n eistedd ar y trydydd gris pan ddigwyddodd yr anffawd a bod tri a saith yn gwneud deg sy'n rhif cyflawn, gorffenedig. Yn ddiweddglo a fyddai'n gwneud popeth yn iawn. Dwi'n trio gwneud hyn mor ysgafndroed â phosib, a fy nghalon yn ysu am gael peidio rhoi fy mhwysau ar ris rhif 9 gan ei fod yn gwichian. Ond mae'n *rhaid* i mi gamu ar bob un gris. Ac mae'r gwichian cyfarwydd yn datgelu i bawb a ŵyr fy mod ynghanol gwneud fy nefodau gwirion eto.

"Ti'n iawn, pwt?"

Yn reddfol daw Dad i geg drws y lolfa gan wisgo clustiau chwe chwpan goffi fudur yn fodrwyau am ei fysedd. Tair cwpan yn hongian ym mhob llaw. Mae'n fy nal ar ris rhif naw. Lluosrifau 3. Mae hynny'n ocê. Dwi'n gwenu arno ac mae'n gwenu yn ôl.

§

Ddeuddydd cyn yr angladd mi gornelodd Mam fi ar waelod y grisiau. Roeddwn i ar fy ffordd i'r gwely ac wedi bod yn nôl gwydriad o ddŵr o'r gegin i fynd i fyny efo fi. Roedd hi'n amlwg yn hongian ac yn ei chael hi'n anodd siarad heb slyrio.

"Ti'n iawwwwn, cyw? Yli, dwi isio gofyn rwbath i chdi. Ista lawr yn fa'ma efo fi."

Ac mae'n fy nhynnu i lawr i eistedd ar waelod y grisiau nes bod y dŵr yn fy ngwydr yn sboncio dros y llawr i gyd. Mae hitha wedyn yn colli ei chydbwysedd a glanio'n glewt ar ei thin ar deils y cyntedd, ac yn chwerthin mawr i gyd fel tasa hi newydd gyflawni'r tric doniola fyw.

"Wps a deisi, dwi wedi cael dipyn bach gormod heno. Ond mae o'n helpu, sti. Efo'r galar. A dwi'n ei cholli hi gymaint."

Dwi'n ymwthio fy mhen-ôl at gysur y trydydd gris ac yn paratoi i wrando arni yn paldaruo drwy'i dagrau. Dwi'n syllu ar wyneb Iesu Grist ac yn sylwi fod Mam wedi crafu mwy o'r paent i ffwrdd wrth grafangu yn y pren i gadw ei chydbwysedd. Mae ei wyneb erbyn hyn tua modfedd yn hirach ac yn pendrymu fatha tasa fo yn sobor o drist ac yn anobeithio.

"Mi faaaaasa hi'n licio hynna sschddi, yn nweeedig a chilla'n gymaint o ffrindia. Be ti'n ddeud, Hels bach?" suodd â'i thafod yn drwch.

Dwi'n meddwl mai'r hyn roedd hi'n drio ei ofyn i mi oedd os faswn i'n darllen teyrnged yn angladd Nain.

Mae'n difaru fyth.

§

Wrth edrych o'r sêt fawr ar y capel yn llawn o alarwyr du, mae fy nghalon yn llawn ofn a chywilydd o'r hyn rydw i ar fin gorfod ei gyflawni. I wneud petha'n waeth mae gen i feicroffon o'm blaen yn barod i chwyddo fy chwithdod. Mae'r gweinidog yn eistedd yn y sêt fawr wrth fy ymyl a'i wyneb bochgoch, rhadlon yn fy annog. Yn ddiarwybod iddo mae Llais y Bwgan-Beth-Os hefyd yn fy nghymell. Yn fy ngorfodi ...

Heb wybod yr hyn a wneuthum.

Dwi'n llyncu fy mhoer yn boenus o araf cyn gwyro'n nes at y meic ac agor fy ngheg. A fy nhu mewn i'n gwaedu.

*"Diolchcachu. Diolchcachu. Diolchcachu."*

Dyna fo, wedi ei wneud! O leia byddai Nain yn cael mynd i'r nefoedd rŵan. Dyna'r peth lleia allwn i ei wneud gan mai y fi oedd yn gyfrifol am ei rhoi yn ei harch. Y peth petryal plaen o bren golau yma sy'n llenwi'r gofod o flaen fy llygaid. A'i chaead yn glep ar unrhyw beth ond Nain. Roeddwn i'n gwrthod credu mai hi oedd yn gorwedd y tu mewn, heb le i symud gewyn, na sgrytian o gwmpas y lle efo'i dystar yn symud llwch ddoe ac yn cynllunio be-dan-ni'n-mynd-i-neud heddiw. Doedd yna ddim ogla lafant a heli'r môr, a saim bacwn tatws pum munud yn wafftio o gilfachau copr sgleiniog y pren. A neb yn rhyw fwstwr un o ganeuon Cwm Rhyd-y-Rhosyn dan y caead farneisiedig.

Eto, oedd yna arlliw o chwerthiniad? Dwi'n clustfeinio. Rhyw biffian tawel deud-ti-wrthyn-nhw-rhen-ogan!

Dwi'n mentro codi fy mhen ac yn sylwi fod y sŵn piffian chwerthin yn dod o gyfeiriad Elin, sy'n eistedd yn y sêt flaen ac yn stwffio pentwr o hancesi papur i'w cheg a'r dagrau yn llifo i lawr ei gruddiau. Tra bo Mam druan â'i phen yn ei dwylo yn wylo dagrau o fath gwahanol. Mae Dad yn gwneud ll'gada ar y gweinidog i brysuro petha mlaen.

Mae'r gweinidog yn fy ngwahodd i lawr o'r sêt fawr ac yn troi at ei gynulleidfa i drio mopio'r llanast a chyflymu i draddodi ei deyrnged yntau.

"O enau plant bychain, gyfeillion, dyna be fasa Nain wedi ei licio ... am hyfryd, yndê? Ac un sgut am blant bach oedd Nain erioed, ac yn athrawes ysgol Sul ers dros drigain o flynyddoedd, ac yn athrawes ganu i genedlaethau o blant, fel y gŵyr Elin fach fan hyn yn iawn a hitha wedi cael cymaint o lwyddiant mewn eisteddfodau bach ledled y wlad. Ia, wir. Un dda oedd Nain ..."

Mae ei eiriau yn llithro drosta i wrth i mi gerdded heibio iddo i'm sedd ac eistedd i lawr a chrymu fy mhen. Dwi'n gallu teimlo llygaid yn llosgi, fel pelydrau ymbelydrol o lygaid ellyllon mewn rhyw ffilm ffugwyddonol. Yn tyllu i mewn i fy mhenglog i drio cael darlun pelydr-X o beth oedd yn mynd ymlaen yno. I drio datod y gwifrau sy'n glymau anystywallt yn fy ymennydd ac yn anfon signalau disynnwyr i weddill fy nghorff.

Llond capel o bobl yn gwgu.

Yn pitïo.

Yn cydymdeimlo.

Yn trio deall?

Dwi'n gorfodi fy hun i ganolbwyntio ar Nain. Ar ei henw sy'n sgleinio mewn efydd ar ben y bocs:

## MWYNWEN SIÂN EVANS

Nain fwyn.

Gwyn ei byd.

Yn gorwedd mewn bocs.

Fatha planc o bren.

Ei llygaid yn wincio.

A'i gwefusau yn gwenu.

A llwch yfory yn casglu o'i chwmpas.

Dwi'n anwesu'r galon fach arian sy'n hongian ar fy swynfreichled ac yn ei theimlo.

Mae pawb yn codi ar eu traed ac mae Elin yn fy mhwnio ym môn fy nghefn i wneud yr un peth. Mae Dad a fy ewythrod yn cerdded at yr arch ac yn ei chodi a dechrau ei chario allan o'r capel i gyfeiliant yr emyn-dôn 'Ar fôr tymhestlog teithio'r wyf, i fyd sydd well i fyw'.

Dwi'n meddwl y byddai Nain wedi dewis cael *send-off* i lais Dafydd Iwan yn blastio 'Yma o Hyd' dros y capel, os dwi'n gwbl onest. Ond eto, roedd y cyfeiriad at y môr a'r rhan ganolog roedd o wedi ei chwarae yn ei bywyd hefyd yn addas.

Dwi'n cadw fy mhen i lawr a chanolbwyntio ar yr haul sy'n ffrydio drwy'r drws; y goleuni ar ddiwedd y twnnel hir, du. Rydan ni'n gorfod oedi am chydig wrth i Dad a'r dynion eraill drio sortio sut i gael Nain drwy ddrws cul y capel ac allan i'r cyntedd a thrwy'r prif ddrysau. Maen nhw'n gorfod codi'r arch a'i gostwng ar ongl a dwi'n amau i Nain druan deimlo ei bod ar fwrdd llong ynghanol storm.

Wrth giwio y tu ôl i'r arch i aros i'r ymgymerwyr gael Nain drwy'r drws, dwi'n sylwi ar ddyn diarth yn sefyll yn y sedd gefn wrth y drws a'i gefn at y wal. Mae yna ryw olwg fel rhywun sydd ddim o ffor' hyn arno. Wrth ei ymyl mae hogyn ychydig yn hŷn na mi efo'i wallt du fel y frân wedi ei glymu'n ôl mewn cynffon ceffyl.

Mae yna rywbeth yn gwneud i mi syllu arno. Dydi o ddim yn sbio'n ôl arna i er ei fod o'n gwybod yn iawn fy mod i'n rhythu arno. Dydi o ddim isio dal fy llygaid. Er fy mod i am iddo wneud.

# Yr Ystafell

Mae popeth am yr ystafell yma yn
gam.
Bach.
Brown.
*Beige.*
Dr Gwynne ydi enw'r therapydd. Ac mae hynny wedi
fy nhiclo i ryw fymryn. Dwi'n gwybod cystal â neb nad
ydi bywyd yn ddu a gwyn. Yn ddilychwin; yn ddi-staen.
Yn gymesur.
Yn strêt.
Ac mae yntau'n gwybod hynny'n iawn hefyd. Dyna
pam fod yr ystafell wedi ei threfnu fel hyn. Yn fwriadol
anghymesur, er mwyn mynd dan groen ei gleifion. Mae'r
ddau lun abstract ar y wal dwtsh yn gam. Allan o le.
Mae'r petryalau o liwiau llachar sydd yn y llun mwyaf
yn cydbwyso ar ben ei gilydd fel gêm o Jenga, ar ddibyn
dymchwel.
Mae'r ffaith fod cornel dde y llun wedi symud i lawr
ychydig yn dangos lliw y wal wreiddiol y tu ôl i'r ffrâm.
Mae'n llawer gwynnach na gweddill walia'r ystafell sydd
wedi troi'n llwydfelyn budur. Effaith blynyddoedd o
bobl yn anadlu eu problemau drostyn nhw sydd i gyfri
am hynny, dwi'n amau. Hynny, neu'r ffaith nad oes yna
ddigon o olau naturiol yn llenwi'r ystafell. Mae yna

un ffenast fach betryal y tu ôl i ddesg Dr Gwynne, yn gilagored i adael ychydig o awyr iach i mewn i'r ystafell fach stwfflyd. Ond mae'n rhy uchel i neb allu dringo na ffitio drwyddi petai yna dân. Dyna'r peth cyntaf dwi'n ei wneud wrth fynd i mewn i unrhyw ystafell ydi chwilio am y ffordd gyflymaf allan. Ond fyddai yna neb yn gallu dringo i fyny at y ffenast fach yna, hyd yn oed tasan nhw'n sefyll ar ben desg Dr Gwynne.

Ystafell fechan efo dim ond digon o le i un ddesg a chadair tu ôl iddi a dwy gadair blastig o'i blaen. Un i mi ac un i Mam.

Mae dwylo Mam yn crynu. Siŵr o fod am ei bod hi'n teimlo chydig bach yn nerfus. Fel finna. Mae wedi eu gosod nhw'n fflat ar ei phengliniau i drio sadio ei chryndod a dwi'n gallu gweld staen melyn wedi dechrau ymgripio ar du mewn ei bys canol. Mae hynny'n cadarnhau fy amheuon ei bod wedi ailddechrau smocio rôlis. Dwi wedi gallu ogleuo mwg o fy ystafell wely yn ddiweddar pan dwi'n eistedd ar y sìl fawr a'r ffenast yn agored. A dwi'n gwybod ei bod yn sefyll oddi tana i yn pwyso yn erbyn wal y garej, un goes yn erbyn y wal, a'i llygaid yn bell. Dwi'n gwneud nodyn yn fy mhen fod yn rhaid i mi drio ffeindio ble mae hi wedi cuddio ei *rizlas* a'i thun tybaco er mwyn cael gwared arnyn nhw. Er, dwi wedi dysgu fy ngwers i beidio trio eu llosgi nhw yn y bin fel gwnes i'r tro diwetha. Ond mae'n bwysig fy mod yn trio achub Mam.

Mae gwich y gadair blastig oddi tana i'n cadarnhau fy mod inna wedi dechra siglo yn ôl ac ymlaen wrth i mi wylio Dr Gwynne yn teipio ar ei gyfrifiadur. Dydi o heb ddweud dim eto, dim ond codi ar ei draed ac ysgwyd llaw i'n cyfarch pan gerddon ni i mewn. Dwi'n sylwi ar y cylchoedd staen coffi ar ei ddesg, sydd fel arall yn wag, heblaw am glôb eira efo basn coch a rhyw gymeriadau bach y tu mewn iddo. Dwi'n meddwl fod y glôb eira wedi ei osod ar y ddesg yn fwriadol er mwyn i Dr Gwynne atgoffa ei hun o'r dasg sydd o'i flaen bob dydd, sef trio helpu pobl fel fi. Trueiniaid sydd wedi colli'u ffordd ynghanol eu stormydd eira, a'u meddyliau gwallgo yn lluwchio'n afreolus o'u cwmpas ac yn eu chwipio o'u coeau. Ei waith o ydi ein helpu ni i allu gweld y tu hwnt i'r mynydd lluwchfeydd, tawelu'r storm yn ein pennau, a llyfnhau'r eira dan ein traed. Fel y darlun tawel sydd yn y glôb rŵan. Yn wyn i gyd.

Ar ôl yr hyn sy'n teimlo fel oes mae Dr Gwynne yn rhoi'r gora i deipio ac yn troi yn ei gadair i'n hwynebu ni. Mae'n gwenu drwy'i ddannedd cam. Dim ond y rhai ar y gwaelod. Fel rhes o greigiau yn suddo i'r tywod. Mae ganddo hefyd rychau amlwg ar ei dalcen sy'n edrych fel erwydd ar gopi cerddoriaeth ac ambell frychni haul wedi ei ddotio yn grosietau brown ar ei hyd yma ac acw. A dwi'n cael rhyw dynfa fwyaf ofnadwy i chwilio am feiro a thynnu llinell rhyngddyn nhw. Fel gwneud dot-i-ddot.

Mae Dr Gwynne yn gofyn i mi sut ydw i. A sut ydw i wedi bod.

Ers i Nain farw, mae o'n ei feddwl.

Dyna pam rydw i yma. 23 diwrnod, chwe awr, 47 munud a 38 eiliad yn ddiweddarach.

Dridiau wedi angladd Nain mi gyrhaeddodd llythyr yn y post yn cadarnhau dyddiad i fi fynd i weld therapydd. O glywed Mam a Dad yn siarad dwi'n meddwl fy mod wedi bod ar restr aros am apwyntiad ers amser hir, ond fod yr hyn ddigwyddodd yn yr angladd falla wedi cyflymu'r broses o gael mynd i weld rhywun. I drio sortio'r hyn oedd yn mynd mlaen yn fy mhen i.

Heli Jôs, Honco Bost.

Heli dw-lali.

Mi fuodd Mam a Dad yn dadla wedyn pwy oedd yn mynd i ddod efo fi i'r apwyntiad, ac yn amlwg, Mam gafodd y gair ola. Er ei bod hi'n eistedd wrth fy ochr heddiw heb ddweud bw na be ac yn dda i affliw o ddim byd. Mae hi'n edrych yn union fel plentyn bach ar goll ac yn syllu i fyny at y ffenast uwchben desg Dr Gwynne fel petai hitha hefyd bron â marw isio neidio i fyny ar y sìl a thrio stwffio ei hun drwy'r gilfach.

"Dwi'n iawn, diolch," mentraf ateb, dim ond i dorri'r tawelwch. Ond dwi'n ei ddweud o mewn tôn llais sy'n awgrymu nad ydw i isio siarad am y peth. *End of.*

Dwi'n gwybod yn iawn pam fy mod i yma. Dwi wedi bod yn gwglo. Teipio petha fel, *Why am I like this? Am I normal?*

Ac wedi cymryd rhan mewn holiadur hunanasesiad ar-lein a rhoi marciau i mi fy hun o o i 4 mewn ymateb i gwestiynau fel:

| | |
|---|---|
| Wyt ti'n gwirio pethau yn amlach nag sydd angen? | 4 |
| Wyt ti'n teimlo gorfodaeth i gyfrif wrth wneud pethau? | 4 |
| Wyt ti'n gorfod ailadrodd pethau drosodd a throsodd? | 4 |
| Wyt ti'n teimlo fod yna rifau da a rhifau drwg? | 4 |
| Oes meddyliau annymunol yn dod i dy feddwl yn erbyn dy ewyllys ac mae'n anodd cael gwared arnyn nhw? | 4 |

Ac mi rydw i a Gwgl wedi rhoi diagnosis. Mae gen i OCD. Anhwylder Gorfodaeth Obsesiynol. Cyflwr sy'n gysylltiedig efo pryder a meddyliau digroeso sy'n gorfodi'r dioddefwr i gyflawni defodau neu dasgau er mwyn atal rhywbeth 'drwg' rhag digwydd iddo fo ei hun neu i rywun y mae'n ei garu. Dwi hefyd mewn cwmni da yn ôl Gwgl gan fod pobl fel Albert Einstein, Beethoven, Charles Darwin, Martin Luther, Florence Nightingale a Michelangelo hefyd yn yr un cwch. Roedd enw Hitler ar y rhestr hefyd, ond mi wnes i benderfynu peidio ymchwilio ymhellach i mewn i hynny.

Mae'r ystafell yn anghyfforddus o boeth erbyn hyn ac mae yna hen frân wedi dechrau crawcian ar frigyn tu allan i'r ffenast. Rhyw gaclan chwerthin am fy mhen i. Dwi'n penderfynu canolbwyntio fy sylw yn llwyr ar y glôb eira sydd ar ddesg Dr Gwynne.

"Ti'n ei licio fo?" gofynna.

Dwi'n gorfeddwl am ei gwestiwn ac yn trio dyfalu be mae o isio i mi ei roi fel ateb. Dwi'n licio'r llonyddwch sydd y tu mewn i'r glôb ar hyn o bryd efo'r eira artiffisial yn garped llonydd ar y llawr. Ond mae yna ran arall ohona i sydd isio codi'r glôb i fyny a'i ysgwyd yn wyllt yn wyneb Dr Gwynne fel bod yr eira yn lluwchio i bob man, fel y gerddorfa o feddyliau sy'n chwyrlïo yn fy mhen ar hyn o bryd. Neu hyd yn oed ei daflu yn erbyn y wal a chwalu'r gwydr a'r ddelwedd ddelfrydol yn deilchion.

*Gnafo. Gnafo. Gnafo.*

"Mi wnes i ei brynu yn Fienna ar fy mis mêl," eglura.

Dwi'n gwybod dipyn am Fienna. Roedd Nain wedi peintio darlun hyfryd o'r ddinas wrth sôn sut yr aeth hi a Taid yno ar wyliau a mynd i gaffis bach oedd yn gweini cacen siocled efo jam bricyll oren, a sut y byddai rhywun yn eistedd wrth y grand piano yn chwarae darnau clasurol tra oeddan nhw'n bwyta. A'u bod wedi mynd i gyngherddau i wrando ar weithiau rhai o'r cyfansoddwyr gafodd eu geni neu fuodd yn byw yno. Ei ffefryn oedd Beethoven. Roedd o'n debyg iawn i mi, medda hi.

Mae meddwl am Nain eto yn gwneud i'r Llais ddechrau bloeddio yn fy mhen ...

*Blyrtiafoallan. Blyrtiafoallan. Blyrtiafoallan.*

Ac er bod fy nghoesau'n styfnigo wrth i fy ymennydd geisio eu rhybuddio nhw fy mod ar fin gwneud rhywbeth hollol hurt, mae'r Bwgan-Beth-Os yn cael y gora ar fy ymdrech i reoli fy ysfa, a dwi wedi neidio i fyny ar fy nhraed ac yn chwifio fy mreichiau yn yr awyr fel cyfansoddwr gwallgo.

"Dy-nyn-ny-nyy, dy-nyn-ny-nyy!"

Mae'r ffaith fy mod wedi canu agoriad 'Y Bumed Symffoni yn C Leiaf' ar dop fy llais gan droelli fy mreichiau fel melin wynt wedi gwneud i Mam godi ei phen ac edrych mewn panig ar Dr Gwynne. Ond dydi Dr Gwynne yn hidio dim. Mae o'n gwenu'n glên, fel petai hyn i gyd yn rhan o'i gynllun a'i fod o rywsut wedi llwyddo i dorri'r ias oedd rhyngom.

"Ia, dyna chdi. Mi fuodd Beethoven yn byw yno'r rhan fwya o'i fywyd. Ti'n hoff o gerddoriaeth?"

A dwi'n dychmygu Nain yn eistedd wrth yr organ fach, ei thraed yn pedlo fel rhai alarch o dan ddŵr, ac yn morio canu:

"Daw hyfryd fis Mehefin cyn bo hir
a chlywir y gwcw'n canu'n braf yn ein tir."

"Yndw," meddaf yn dawel, a rhoi fy mhen i lawr i astudio fy mhengliniau eto.

Mor braf fyddai cael sgwrs efo hi rŵan.

Galw Nain Nain Nain.

# Traed tywod

Dwi'n meddwl mai yma y bydda i'n treulio'r rhan fwyaf o'r gwyliau ha'. Ar sìl ffenast fy ystafell wely. Un o fanteision byw mewn hen dŷ ydi fod y siliau ffenestri yn isel ac yn llydan. Mae yna ddigon o le i mi allu eistedd yn gyfforddus ac ymestyn fy nghoesau allan ar ei hyd, eu croesi neu eu tynnu i fyny at fy ngên, yn dibynnu yn union sut fydda i'n teimlo. Mae'r paent gwyn sgleiniog yn oer o dan fy mhen-ôl, a'r awel yn gynnes ar fy moch os ydi'r ffenast yn gilagored. Dwi'n gallu edrych allan am y môr dros doeau'r dre a rhyfeddu at ei liw, yn dibynnu ar ei dymer. Heddiw mae'r awyr ddigwmwl a'r môr yn un ar gusan y gorwel.

O'm clwyd dwi hefyd yn gallu gweld amlinell *lean-to* bwthyn bach morwrol Nain: dau arhosfan bws, tri pholyn lamp stryd, un blwch post (yr un y mae'n rhaid i mi ei gusanu), un drws capel sydd wedi ei ddatgorffori ac sydd bellach yn dŷ ha', hefyd o'r enw Morfa, a 721 o graciau yn y palmant i ffwrdd o stepan drws ein tŷ ni. Mae gen i hiraeth am gael gwneud y daith ddyddiol honno i lawr i'r tŷ, er fy mod yn pasio heibio yn aml wrth fynd am dro i lawr i'r traeth. Ond hen beth od ydi peidio â throi i mewn drwy'r glwyd a cherdded i fyny'r llwybr, heibio'r llwyni lafant a thrwy ddrws oedd bob amser yn agored.

Ers yr angladd mae Yncl Morlais a Tangaroa wedi bod yn aros yno. Y nhw oedd y ddau ddieithryn welais i yng nghefn y capel pan oeddwn i'n aros i'r ymgymerwyr ffitio Nain drwy'r drws. Dydw i'n dal ddim yn siŵr iawn pwy ydyn nhw ac mae Mam yn gyndyn i ddweud mwy nag sydd raid. Y cyfan wn i ydi eu bod nhw'n byw yn Seland Newydd a'u bod yn 'perthyn o bell' ac yn aros yma am yr ha' i helpu 'sortio' tŷ Nain. Dyna pam dwi wedi dechrau ei alw yn 'Yncl Morlais'. Dyna mae pawb yn ei wneud rownd ffor' hyn, a dyna fydda i'n galw rhieni Anwen hefyd – Anti Jan ac Yncl Daf. Felly mi dybiais mai dyma fyddai'r ffordd ora i beidio ei bechu, perthyn neu ddim.

Mae tŷ Nain ar dop y lôn fach gul sy'n arwain i lawr i'r traeth, rhyw ddau ddrws i fyny o'r gornel ddrwg lle mae lorïau a cheir byth a beunydd yn mynd i drafferthion wrth drio pasio ei gilydd.

Yn aml ar ôl storm mi fydd y pafin o flaen Morfa dan orchudd tenau o ronynnau tywod sydd wedi eu chwythu o'r môr gan y gwynt. Ac ar ddiwrnod poeth mi fydda i wrth fy modd yn tynnu fy sgidiau a cherdded yn droednoeth gan deimlo'r briwsion oer o dan fy ngwadnau yn haen amddiffynnol rhag y côl-tar chwilboeth oddi tano.

Mae'r ffaith fod rhaid i mi basio tŷ Nain i gyrraedd y traeth yn golygu fy mod yn gallu sbecian dros y wal ar yr hyn sydd wedi bod yn digwydd yno. Yn enwedig os dwi'n oedi wrth y bumed deilsen i dynnu fy sandalau i allu cerdded yn droednoeth ar hyd y pafin tywodlyd. Mae hynny yn prynu o leia 5 munud a 46 eiliad i mi cyn i mi gyrraedd pen y pafin sy'n rhedeg yn gyfochrog efo wal gardd Nain ac yn dod i stop ar yr un pryd wedi 72 o deils. Dydi Yncl Morlais fyth yn sylwi arna i gan fod yna ddegau o ymwelwyr yn cerdded heibio bob dydd ac yn busnesa dros y wal ar eu ffordd i'r traeth. Dydw i yn ddim gwahanol i'r rheiny iddo fo. Ac mae o'n rhy brysur yn clirio a gwagio petha o'r bwthyn.

Mae o wedi bod wrthi'n tynnu hen gewyll dal cimychiaid Taid o'r sied a'u pentyrru ar ben ei gilydd yn yr ardd yn flociau, fel rhyw ddarn o gelf y basach chi yn ei weld ar ganol llawr rhyw amgueddfa forwrol. Ac mae ogla hen raff wedi mwydo a'r heli yn ei gwead yn aml yn cael ei gario dros y wal pan fydda i'n pasio. Os bydd hi'n braf, mi fydd Yncl Morlais wedi tynnu ei grys-T ac yn gwisgo dim ond ei siorts hir a'i fŵts trymion a hances am ei ben moel rhag i'r haul ei losgi. Dwi'n meddwl ei fod angen rhoi mwy o eli haul ar ben ucha ei gorff gan y bydd ei gefn a'i ysgwyddau yn aml yn edrych mor goch ag un o'r cimychiaid y byddai Taid wedi ei goginio i swper i ni, a finna'n cuddio i fyny yn y llofft rhag i mi orfod gwrando ar eu gwichiadau. Mae ei gorff yn gyhyrog i ddyn o'i oed, er nad oes gen i syniad faint ydi ei oed. Ond mae'n edrych yn rhy hen i fod yn dad i Tangaroa. A dydyn nhw ddim yn edrych yr un peth.

Mi gymrais fantais o hwyliau da Mam un noson a thrio holi mwy amdanyn nhw. Mi esboniodd mai llystad i Tangaroa oedd Yncl Morlais a'i fod wedi priodi ei fam oedd o dras y Maori, sef pobl frodorol Seland Newydd.

Dydw i byth yn gweld Tangaroa o gwmpas pan dwi'n pasio. Ond synnwn i ddim ei fod o yn fy ngweld i. Dwi'n licio dychmygu ei fod yn fy ngwylio rwla o gorneli'r tŷ, yn sbecian allan yn swil, heb i'n llygaid gwrdd. Mae hynny'n gwneud i mi gerdded yn dalsyth wrth gerdded heibio ac ysgubo'r tywod mân yn afreolus o dan fy nhraed ar y pafin. Fel taswn i ddim yn malio.

Dro arall, fi sy'n ei wylio fo. I lawr ar y traeth ddiwedd

y prynhawn ar ôl i weddill yr ymwelwyr adael. Mi fydda i'n plannu fy hun ar fy mol ar y twyni rhwng y moresg ac yn ei astudio am amser hir. Mi fydda i'n sylwi'n syth ar silwét ei gorff wrth odre'r dŵr a'r tonnau'n llepian o gwmpas ei draed. Mae'n cario un o gewyll dal cimychiaid Taid ar draws ei gefn a'i ysgwyddau llydan gwrywaidd fel petaent yn pontio i'w lencyndod yn gynharach na gweddill ei gorff, sy'n dal i edrych yn fachgennaidd. Ac mae'n stopio bob hyn a hyn i bigo sbwriel a phlastig o'r traeth gyda'i grafanc fetel a'u rhoi yn y cawell.

Mi fydd ei wallt hir yn nadreddu'n gudynnau tywyll i lawr ei gefn wedi iddo fod yn nofio a'r haul yn dal y dafnau dŵr ar ei groen lliw olewydd. Mae'n nofiwr cryf a gosgeiddig, ac yn aml yn edrych fel llamhidydd yn llafnu'r tonnau. Dwi'n dychmygu fod y môr yn ei waed.

Tybed ydi o'n gwybod fy mod i'n ei wylio?

Weithia, wedi iddo gamu o'r môr a sychu ei gorff, mi fydd o'n edrych draw a thu hwnt i mi. Ei lygaid yn gwylio heb fod yn chwilio. Cyn iddo godi ei gawell a mynd at ei waith o glirio'r gwastraff plastig eto.

§

**'Ty'd efo ni.'**

Dyna'r eildro i Anwen anfon neges ers i mi fod yn eistedd yma ar y sìl ffenast. Holi mae hi os dwi isio mynd ar y bws i'r dre efo nhw. Ond dydw i ddim. I fod yn onest, dwi'n gwybod nad ydi hitha am i mi fynd, chwaith. Trio bod yn neis mae hi. A debyg iawn mai Anti Jan sydd wedi gofyn iddi gysylltu hefyd. Biti drosta i.

Wnes i ddim mwynhau y tro yna es i efo hi a chriw Lara ar y Sadwrn ola cyn i'r ysgol gau. Wnaethon ni ddim byd ond hongian tu allan i siop jips cyn cerdded rownd y dre yn gobeithio cael cip ar DJ, brawd Lara a'i griw. Doeddan nhw ddim o gwmpas, felly mi drodd Lara ei sylw ata i a dechrau pigo arna i am nad oeddwn i wedi dweud gair o fy mhen yr holl amser roeddwn i wedi bod efo nhw.

"Wedi colli ei thafod mae hi, bechod," crechwenodd ar y gweddill.

*Hengnawas. Hengnawas. Hengnawas.*

Ddywedodd Anwen ddim byd er bod ei hwyneb yn datgelu ei bod hi'n teimlo i'r byw drosta i. A difaru ei bod wedi fy holi i ddod efo nhw yn y lle cyntaf. Dwi'n anfon ateb gan ddiolch am y cynnig ac i ddweud fy mod i'n brysur.

Dwi'n ailgydio yn fy nyddiadur.

Mi ofynnodd Dr Gwynne i mi sgwennu petha i lawr yn ddyddiol yn fy llyfr sgribyls, fel dwi'n ei alw. Cadw cofnodion o fy nheimladau a fy ngweithredoedd. Mi ddywedodd y byddai hyn yn fy helpu i weld patrymau fy meddyliau fel y gallwn ni'n dau feddwl efo'n gilydd am sut i fynd i'r afael efo nhw. Eu trechu nhw. Cael gwared ar y Llais yn fy mhen.

Gwynne ei fyd.

# Ewyllys

Hen deimlad od oedd bod ym mharlwr Morfa y prynhawn hwnnw heb Nain. Bron nad oedd hi yno efo ni, ei llwch heb gael amser i setlo a'i dystar yn ei llaw, yn trio chwalu'r chwithdod oedd yn drwch ar wynebau pawb.

Doedd dim byd yn yr hen fwthyn morwrol wedi newid. Roedd lluniau o Taid yn ei gap morwr yn dal i wenu arna i o ben y silff ben tân a'r ddresel fawr yn llawn o femorabilia o'i fordeithiau. Daliai'r organ fach i gymryd ei lle, er nad oedd neb yno bellach i balmentu'r pedalau hyd lwybrau Cwm Rhyd-y-Rhosyn. Ac roedd y bwrdd broc môr yn dal i haneru'r ystafell rhwng y soffa fach digon-o-le-i-ddau lle y buodd Nain a finna'n closio o dan y flanced grosio ar nosweithiau stormus yn gwylio'r mellt yn gwylltio ar y gorwel.

Doeddwn i heb feddwl rhyw lawer beth oedd ystyr 'ewyllys'. Ac mi ddois i'r casgliad mai rhywbeth y mae rhywun yn ei ysgrifennu tra eu bod nhw ar dir y byw, i baratoi at yr amser pan fyddan nhw wedi marw er mwyn gadael rhywbeth i'r rhai sydd dal yn fyw, ydi o. Ac mi wnaeth hynny chwalu fy mhen i braidd.

Yr ewyllys oedd y rheswm pam ein bod ni i gyd wedi ein pacio ym mharlwr Nain fatha sardîns yn sbio'n swil ar ein gilydd – Mam, Dad, Elin, finna, Yncl Morlais, Tangaroa a'r gyfreithwraig. Roedd Nain wedi gadael ordors mai yn y fan honno roedd am i'r darlleniad o'i 'hewyllys a'i thestament olaf' ddigwydd. Ac er nad oedd hi o gwmpas y lle bellach, doedd neb yn mynd i ddadlau efo hi.

Bron na allwn ei chlywed yn hefru wrth syllu ar yr olygfa.

*"Doswch o 'na, be sy haru chi i gyd! Sbïwch arnach chi. Mae 'na olwg fatha tasa rhywun wedi marw ar bawb."* A rhoi winc slei arna i.

*"A wnaiff yna rywun estyn cadair o'r gegin i'r lêdi yma yn lle'i gadael hi'n sefyll yn fa'ma â golwg 'be i wneud am y gora' ar y beth fach."*

Dwi'n mynd i nôl cadair o'r gegin a'i chynnig i'r gyfreithwraig.

"O, diolch yn fawr," medda hi'n orfrwdfrydig, gan osod ei hun o flaen y ddresel fawr a rhoi ei bag lledr du ar y llawr cyn ei agor a dechrau tynnu dogfennau allan ohono. Mae hi'n edrych fel un o'r athrawon syth-allan-o'r-coleg fydd yn dechrau yn yr ysgol bob mis Medi, rhyw dwtsh yn nerfus a ddim cweit mewn rheolaeth o'r sefyllfa. Dwi'n teimlo bechod drosti.

Mae Yncl Morlais yn cerdded draw at y ffenast ac yn eistedd ar y sìl lydan isel a'i gefn at y môr. Mae'n edrych yn fwy trwsiadus na'r arfer yn ei grys pinc llewys byr sy'n dangos yn glir ddau batshyn chwys mawr o dan ei geseiliau.

"Siân ... Deio ... cymrwch chi'r soffa," medda'r gyfreithwraig gan wenu'n chwithig.

Mae Mam yn ufuddhau heb godi ei phen na'i gydnabod. Dydi hi heb ddweud gair wrth neb ers ben bora, er ei bod wedi gwneud ymdrech ac yn edrych yn dlws efo'i gwallt i fyny mewn bynsan lac sy'n ildio ambell i gyrlen sy'n cosi ei gwar yn chwareus wrth iddi symud ei phen. Mae ei minlliw coch yn matsio'i ffrog ha' hir werdd sydd hefyd yn frith o batrwm llygad y dydd bychain gwyn a melyn. Mae'n amlwg yn nerfus ac yn eistedd ar erchwyn y soffa fach ac yn cnoi ei hewinedd bob hyn a hyn. Dydi Dad heb gael amser i newid o'i sgrybs shifft nos, ac mae'n eistedd wrth ochr Mam gydag un foch tin ar fraich lydan y soffa a'r goes arall yn barod i'w heglu hi allan o'r ystafell ar y cyfle cyntaf.

"Wna i banad?" cynigia. Ond mae'n cael gwg 'paid ti â meiddio, aros lle rwyt ti!' gan Mam ac mae'n ufuddhau.

Mae Elin yn eistedd ar stôl yr organ fach, wedi ei gludo i'w ffôn er mwyn osgoi dal llygad neb. Ac mae Tangaroa ar ei gwrcwd o dan y tanc gwydr sydd ar ben y seidbord fahogani ym mhen pella'r ystafell, yn gwisgo crys-T a jîns tri chwarter rhaflog ac yn droednoeth. Denir fy llygaid at y crogdlws gwyrdd o gwmpas ei wddw ar ddarn o ledr trwchus du, a hynodrwydd y siâp sy'n gyfuniad o gorff aderyn a physgodyn, neu hyd yn oed morfarch. Mae ei ben yntau wedi ei wyro ac mae'n gwisgo clustffonau ac yn smalio ei fod wedi ymgolli yn ei gerddoriaeth. Ond mae o'n gwybod fy mod i'n syllu arno.

Mae rhywbeth arall yn dal fy llygaid hefyd. Mae tanc gwydr Taid yn edrych yn wahanol. Bron nad ydi o'n edrych fel bod rhywun wedi ei lanhau ac wedi aildrefnu'r olygfa y tu mewn o'r ddau forfarch stiff fel procar oedd wedi eu cyrlio o gwmpas darn o gwrel plastig rhad. Doedd gan Nain erioed y galon i gael gwared ohono gan mai Taid oedd wedi ei greu. Ond roedd hi, fel finna, yn gweld ei hylltra. Ond heddiw, bron nad oedd harddwch i'r hagrwch gyda cherrig llyfnion o bob lliw o'r traeth a darnau broc môr wedi eu gosod yma ac acw a'r morfeirch a'u cefnau wedi eu troi ac fel petaent yn nofio i gyfeiriad rhyddid y cefnfor.

Tybed ai Tangaroa fuodd wrthi?

Â'r môr yn ei waed fedra i ond dychmygu fod yr olygfa wreiddiol wedi troi ei stumog yntau. Dwi'n plannu fy hun ar fy ngliniau o flaen y bwrdd broc môr ac yn cael yr ysfa i ddechrau taro fy mhen yn erbyn y pren i annog rhywbeth i ddigwydd.

Unrhyw beth.

Diolch byth am Twm Siôn Jac.

"Dyma chdi eto!" medda Yncl Morlais gan agor y ffenast fawr i adael y gath ddu i mewn. Ers i Nain farw mae Twm wedi dod i fyw atom, ond mae'n dianc bob cyfla yn ôl lawr i Morfa i gyrlio ar y soffa, neu i gymryd ei le o flaen y *Rayburn* fach yn y gegin. Mi fydd Dad yn gorfod dod draw i'w nôl bob dydd bron, a'i gario adra i'n tŷ ni, ac mi fydda i'n gweld yr olwg heriol yn llygaid gwyrddion yr hen gath bob tro, yn bygwth dweud, "Mynd yn f'ôl wna i, trïwch chi fy stopio i. Dyma fy nghartra."

Mi achubodd Nain Twm Siôn Jac rhag ei dynged yn y bin wîli yn fuan wedi i Taid farw. Ac fel Taid yntau, yn gorfod gadael ei gynefin am fisoedd lawer i hwylio rownd y byd, mi fyddai Twm hefyd yn hoff o grwydro am ddyddiau. A byddwn wrth fy modd yn clywed gan Nain am yr holl drysorau a rhyfeddodau y byddai Taid yn ddod yn ôl efo fo, nes daeth yn amser iddo adael y môr am y tro ola.

"Mi ddaw'r hen gath atoch mewn amser, a dydan ni ddim yn ei hudo yma drwy ei fwydo," medda Yncl Morlais yn hanner ymddiheurol. Ond gan swnio'n ddiolchgar i Twm hefyd am wyro'r sylw oddi ar stiffrwydd yr ystafell. "Mater o ddod i arfer," ychwanega. "Neu mi fedrwn ni drio rhoi menyn dan ei draed o. Dyna fasa ..." Ac mae'n stopio ar hanner ei frawddeg. "Mi adawa i'r ffenast yn gorad i ni gael chydig o awyr iach i mewn i'r lle," medda fo fwy neu lai wrtho'i hun, gan droi ei gefn ar y cwmni i osod y ffenast ar lats a rhoi ei ben drwyddi i ddrachtio ogla heli'r môr a'r lafant o'r ardd i'w ysgyfaint.

Mae Twm yn neidio oddi ar y sìl, yn swagro at y soffa fach ac yn neidio wrth ochr Mam gan rwbio ei ben ar ei chlun a setlo wrth ei hymyl. Yn union fel y basa wedi ei wneud i Nain. Mae hyn yn ei phlesio ac mae'n falch o gael rhywbeth i'w wneud efo'i dwylo ac yn rhoi mwythau iddo.

Dw inna wedi cael digon erbyn hyn ac mae'r Bwgan-Beth-Os fel cnocell yn fy mhen ac o fewn pluen bengoch i fy ngorfodi i wneud rhywbeth gwirion er mwyn mynnu sylw pawb.

Dwi'n rhythu ar y gyfreithwraig ac yn ewyllysio iddi gymryd arweiniad.

*Fforffycsêcsgnarwbath. Fforffycsêcsgnarwbath. Fforffycsêcsgnarwbath.*

Am eiliad dydw i ddim yn siŵr os ydw i wedi gweiddi'r geiriau neu beidio ond does neb yn sbio'n hurt arna i, felly mae hynny'n gadarnhad fy mod i wedi cael y gora ar y Bwgan-Beth-Os y tro hwn. A diolch byth, mae'r gyfreithwraig hefyd yn penderfynu dechrau ar y 'cyfarfod'.

"Diolch i chi i gyd am ddod yma ar ddiwrnod mor boeth," dechreua'n betrusgar gan edrych i lawr ar y dogfennau ar ei glin a'u haildrefnu fel darllenwraig newyddion. "Dydi hi ddim yn arferol i'r ewyllys a'r testament ola gael ei ddarllen mewn amgylchiadau mor gartrefol â hyn," esbonia gyda chwerthiniad bach er mwyn trio ysgafnhau dipyn bach ar y tensiwn yn yr ystafell. "Ond dyna oedd dymuniad Mrs Evans – ein bod ni i gyd yn cwrdd yma yn y tŷ i glywed y darlleniad."

Mae'r hyn ddigwyddodd nesa'n dal braidd yn niwlog, gan i mi golli llif y sgwrs wrth iddi ddechrau rhestru rhyw dermau cyfreithiol diflas, cyn dechrau cyhoeddi i bwy roedd Nain wedi gadael ei heiddo. Ac o be ddeallais i mae Morfa, y cartref teuluol a'i holl gynnwys, i'w rannu rhwng Mam ac Yncl Morlais. Doedd hynny yn amlwg ddim yn plesio Mam.

"Ddudish i, do!" wffitia gan godi ar ei thraed. "Ar ôl bob dim wnes i iddi ar hyd y blynyddoedd, a hynny ar fy mhen fy hun!" Ac mae'n taranu allan o'r ystafell gan daflu golwg filain ar Yncl Morlais, a chau'r drws ffrynt yn glep nes bod y clychau tylwyth teg yn tincian o dan y bondo.

"Siân ..." ac mae Dad yn codi ar ei union ac yn ei dilyn fel ci bach.

Mae Elin yn rholio ei llygaid arna inna fel tasa hi wedi rhagweld hyn i gyd ac mae Yncl Morlais yn gwyro ei ben. Mae'r gyfreithwraig yn penderfynu mai'r peth gora i'w wneud ydi pladuro ymlaen.

"Ac roedd eich nain am i chi gael yr organ fach, Elin," medda hi, gan wenu'n ansicr.

"W, grêt," ydi unig ateb nawddoglyd Elin. Dwi'n ei dal ychydig eiliadau wedyn yn tynnu *selfie* gwên ffug ohoni'i hun a'r organ tu ôl iddi, siŵr o fod i gyfleu ei gwerthfawrogiad, neu ddiffyg gwerthfawrogiad, i'w dilynwyr Instagram.

"Ac roedd dy nain am i ti gael hwn, Heli," medda'r gyfreithwraig gan roi amlen fach jiffi felen i mi. Y tu mewn mae bocs melfed coch a dwi'n ei agor yn ofalus heb syniad yn y byd beth sydd y tu mewn. A dwi'n gwenu wrth weld ei gynnwys; crogdlws morfarch arian i'w ychwanegu at fy swynfreichled. Ac mae'n hongian yn berffaith ar fy arddwrn rhwng y galon a'r gath.

Wrth i Elin a finna godi i adael a dilyn Mam a Dad adra, mae Tangaroa yn dal ar ei gwrcwd ac yn syllu i lawr ar ei draed o dan y tanc gwydr. Ond wrth i mi gerdded heibio mae'n codi ei fraich ac yn cyffwrdd fy arddwrn yn ysgafn gan fy stopio yn fy unfan. Dwi'n sbio i lawr arno. Dydi ei lygaid ddim yn cwrdd â fy rhai i ac mae'n canolbwyntio ar fy swynfreichled ac yn mwytho'r morfarch arian. Dwi'n teimlo'r blew bach yn codi yn groen gŵydd ar fy mraich ac mae ei eiriau yn dal i ddawnsio yn fy nghlyw:

*Manaia, manaia, manaia.*

# Manaia

Mae pob math o gwestiynau yn lobsgows yn fy mhen ac yn gwneud dim mwy o synnwyr i mi heddiw nag oeddan nhw ddoe. Beth yn union ddigwyddodd ym Morfa ddoe? A pham fod Mam wedi ymddwyn fel ag y gwnaeth hi? Pwy ydi Tangaroa? Pam ei fod yn llwyddo i fy swyno ac eto mor gyndyn i roi dim ohono'i hun yn ôl?

Dwi'n ailgydio yn fy nyddiadur i drio gweld os gwnaiff ysgrifennu petha i lawr fy helpu. Fel yr awgrymodd Dr Gwynne i mi ei wneud. A dwi'n syllu ar y gair cyfrin sy'n nofio lled y dudalen ac yn ymdreiddio i drobwll fy meddyliau.

Dwi'n estyn fy ffôn ac yn ymchwilio i ystyr 'manaia'.

Creadur mytholegol yw'r *Manaia* yn chwedloniaeth y Maori sy'n negesydd rhwng bydoedd y meidrol a'r ysbrydol – yn gwarchod yn erbyn y drwg ac yn gwahodd lwc dda. Honnir bod ganddo ben aderyn, corff dynol a chynffon pysgodyn. Ond mae disgrifiadau eraill yn ei gymharu â morfarch. I'r Maori mae'r morfarch yn symbol o deyrngarwch.

Dwi'n codi fy arddwrn at y ffenast a gadael i'r haul drochi arian y swynfreichled. Mae'r morfarch yn pirwetio ym môr y pelydrau. Dwi'n rhyfeddu at berffeithrwydd ei siâp a'i arwyddocâd sy'n tonni'n gynnes drosta i. A dwi'n teimlo Nain yn lapio'n gysur amdana i.

Mae fy nghoes wedi mynd yn binnau bach i gyd erbyn hyn a dwi'n ei sythu ar hyd y sìl er mwyn gadael i'r gwaed lifo'n ôl. Dwi'n edrych allan dros y dre ac yn sylwi ar Twm yn sleifio i lawr y stryd am Morfa, yn ôl ei arfer. Dydi o heb setlo ac yn amlwg ddim yn cyd-dynnu efo Morgan ni, sy'n anfodlon iawn fod cwrcath arall wedi dod i fyw ar ei batsh. Mynd yn ei ôl i chwilio am Nain mae Twm druan, siŵr o fod, sy'n gwneud i mi feddwl, tybed ydi anifeiliaid yn deall pryd mae rhywun yn marw? Iddyn nhw maen nhw yna un funud yn eu bwydo a'u mwytho, a'r funud nesa maen nhw wedi diflannu. Ac mi dybiwn i mai greddf naturiol unrhyw famolyn ydi parhau i chwilio cyn gorfod derbyn na ddown nhw fyth yn ôl. Yn sicr, dydw i heb ddod i delerau efo hynny eto.

Dwi'n neidio ar fy nhraed i'w ddilyn. Bydd mynd i chwilio amdano i Morfa yn rhoi esgus perffaith i mi weld Tangaroa eto.

Erbyn i mi basio'r ail arhosfan bws a thapio'r trydydd polyn lamp stryd, dwi wedi colli golwg ar fonyn cynffon ddu Twm yn symud fel antena llong danfor drwy'r strydoedd. Ond gan fy mod i'n gwybod yn union i ble mae o'n mynd, mae hynny'n lleddfu fy mhryder. Mae fy meddyliau yn hytrach wedi eu meddiannu gan y ddilema amlwg sy'n fy wynebu fel hoel ar bost.

Y blwch post!

Yr un y mae'n *rhaid* i mi ei gusanu.

Dwi'n mynd i fy mhoced i estyn y potyn bach o gŵyr gwenyn a gefais gan Nain. Dwi wedi bod yn ei ddefnyddio i greu haen amddiffynnol ar fy ngwefusau rhag i mi ddal unrhyw afiechyd neu germau wrth gusanu'r metel coch.

Dwi'n rhwbio haen drostynt wrth i'r signalau saethu i fy ymennydd fel gwifrau gwallgo yn chwilio am ateb ynghylch sut dwi'n mynd i weithredu'r hyn sy'n orfodol. Fel arfer, mae gen i ddarn o bapur gwyn yn fy mhoced sy'n edrych fel amlen a dwi'n cerdded at y bocs gan esgus edrych ar fanylion yr amseroedd postio. Yna, dwi'n mynd yn ddigon agos i fy ngwefusau allu cusanu'r blwch cyn postio'r darn papur gwag. Heb i neb sylwi na chwestiynu, heblaw'r postmon druan, dybiwn i, sy'n eu casglu.

Ond heddiw, o bob diwrnod, mae yna ddwy ddynes a'u cŵn bach rhech yn cael sgwrs ddwys 'Ow, dach chi 'rioed yn deud' reit wrth geg y blwch postio. Mae hyn yn ddilema ac yn ei gwneud hi'n amhosibl i mi bostio darn o bapur gwag a chusanu'r blwch post heb iddyn nhw weld yr hyn dwi'n ei wneud. Felly, dwi'n gorfod meddwl yn sydyn, a phenderfynu ar gynllun argyfwng. Bydd rhaid i mi esgus baglu ar fy hyd reit o flaen y blwch postio a rhoi'r argraff fy mod yn taro fy mhen yn erbyn y metel. Dwi'n gwneud hyn yn eitha celfydd gan wneud yn siŵr bod fy wyneb yn landio cyn agosed â phosib at fôn y blwch fel bod modd i mi bwyso fy ngwefusau yn erbyn y metel. Dwi'n trio peidio meddwl faint o gŵn sydd wedi codi eu coesau a bedyddio'r union fan dwi newydd ei gusanu ac yn diolch i'r drefn am yr haen o gŵyr gwenyn amddiffynnol.

Daw sŵn ielpian uchel o'r ochr arall i'r blwch post ac mae yna lais yn gweiddi uwch fy mhen.

"Bobol annwyl, be ddigwyddodd, 'nghariad i? Dach chi'n olréit?" Mae'r ddynes yn gwyro mor agos at fy wyneb fel y galla i arogli ei hanadl polo mint. Mae ei ffrind yn tendio at y ci bach rhech wnes i ddigwydd rhoi cic iddo mewn camgymeriad drwy esgus baglu. Dwi'n asesu'r sefyllfa ddigon i weld bod y ci bach yn iawn a bod dim pwynt ymuno mewn sgwrs am y peth. Sut goblyn mae rhywun yn dechrau egluro?

Felly, dwi'n codi ar fy nhraed yn drwsgl, gwenu'n gwrtais i gadarnhau fy mod yn iawn a sgrialu o 'na gan adael y ddwy yn syllu yn gegrwth ar fy ôl. Dwi wedi pasio'r pwynt o deimlo cywilydd, nac o boeni be mae pobl yn ei feddwl ohona i erbyn hyn. Mae'r rheidrwydd i weithredu a chael gwared ar y Llais yn fy mhen yn gryfach na hynny. Ac mae yna ormod yn mynd mlaen ar y funud i mi gymryd y risg y gallai petha fynd o le.

Erbyn i mi gyrraedd Morfa dwi bron yn sicr fod Twm wedi sleifio i mewn drwy'r drws sy'n gilagored a'i fod wedi cyrlio i'w fan arferol ar ei gadair o flaen y *Rayburn* fach yn y gegin. Dydw i ddim yn gwybod be ddyliwn i ei wneud nesa. Llifa ton o swildod drosta i a dwi'n teimlo na alla i gerdded i fyny'r llwybr bach cyfarwydd drwy'r trwch o lafant a churo'r drws gan esgus chwilio am Twm. Mae gen i syniad y bydd llygaid treiddgar Tangaroa yn gweld drwydda i ac yn gwybod mai wedi dod yma i'w weld o ydw i go iawn.

Er mwyn rhoi amser i mi fy hun feddwl be i'w wneud am y gora, dwi'n penderfynu cwrcwd tu ôl i'r wal gerrig, i'r chwith o'r giât fach haearn rydlyd. Mae'r paent ar y giât erbyn hyn wedi ei blicio gan fysedd y tymhorau, gan ddinoethi'r haearn i losg awel yr heli. Fel briw agored.

Mae'r Bwgan-Beth-Os yn dechrau bloeddio.

Mae am i mi gwrcwd a chodi ar fy nhraed 91 o weithia cyn y caf ganiatâd ganddo i gerdded at y drws!

*91 o weithia! I fyny ac i lawr fatha rhyw Jac yn y bocs?*

Dwi'n teimlo fy hun yn mynd yn chwys doman dail wrth orfeddwl am y peth. Faint o amser mae hyn yn mynd i'w gymryd i mi? Be am yr holl bobl fydd yn fy mhasio yn eu ceir ac ar droed ar eu ffordd i lawr i'r traeth fydd yn fy ngweld ac yn meddwl 'be ddiawl ma' honna'n ei wneud?' A siŵr fod Glenys Geranium ar ei gorsedd rŵan dros ffor' yn barod am sioe! O leia fedrith hi ddim sbragio wrth Nain tro 'ma bod ei hwyres 'wrthi eto'.

Ond dwi'n gwybod y bydd y Llais yn annioddefol ac yn gwrthod gadael llonydd i mi nes i mi ufuddhau iddo. Felly dwi'n canfod cynhaliaeth drwy afael mewn dwy garreg fawr lefn sy'n bochio fel bronnau, ac yn dechrau tynnu fy hun i fyny nes bod corun fy mhen a gorwel fy llygaid fymryn uwchlaw crib y wal.

Cwrcwd a chodi, rhif un.

Does yna neb o gwmpas ond mae yna arwyddion amlwg fod gwaith clirio wedi dechrau ar y bwthyn.

Cwrcwd a chodi, rhif dau.

Mae yna bentwr o focsys blith draphlith yn y sied agored.

Cwrcwd a chodi, rhif tri.

Mae hen ddodrefn Nain wedi eu symud i bwyso yn erbyn y talcen pella, y rhan fwyaf ohonyn nhw wedi gweld dyddiau gwell ac wedi colli coes, neu wedi eu sgrafellu neu eu tolcio. Dim ond fod Nain yn gyndyn i'w gwaredu ac yn eu cadw gyda'r bwriad o fynd ati i'w trwsio. Rhyw ddydd.

Cwrcwd a chodi, yr ugeinfed tro.

Mae fy sylw erbyn hyn wedi ei hoelio ar y das o hen gewyll cimychiaid Taid sy'n parhau i dyfu yn yr ardd gefn. Mae yna wylan yn sgrechian yn rhywle uwch fy mhen, ac mae hynny yn fy atgoffa o'r troeon pan fyddai Elin a finna'n mynd allan i'r môr efo Taid yn ei gwch bach *Y Fwynwen*, a sut y byddai gwylanod barus yn ein dilyn.

Fydden ni byth yn mynd yn rhy bell allan i'r môr, dim ond rowndio trwyn y penrhyn ac i mewn i fae cysgodol Craig y Forwyn lle byddai Taid yn diffodd y motor ac yn pwyso dros yr ymyl a dechrau tynnu ar raff oedd yn sownd i'r bwi. Byddai'r cawell wedyn yn ymddangos, yn diferu o wymon, a gallwn weld coesau a theimlyddion ambell gimwch yn symud y tu mewn iddo. Byddai Taid yn rhoi ei law i mewn wedyn a gafael yng nghragen galed y cimwch a'i dynnu allan yn ofalus a'i roi mewn bwced ar fwrdd y cwch, yn barod i fynd â'r creadur yn ôl i Morfa i'w fwyta i swper. A finna'n ysu i'w daflu'n ôl i'r môr i'w achub rhag ei dranc ond yn teimlo'n rhy sâl môr i allu gwneud dim.

Mae fy nghorff wedi dechrau cyrcydu a chodi i rythm dychmygol *Y Fwynwen* ar drugaredd y tonnau ac erbyn hyn dwi wedi cyrraedd rhif 55. Ar hynny, gwelaf Tangaroa yn cerdded rownd y gornel o dalcen y bwthyn yn cario cawell cimychiaid ar ei gefn.

Dwi'n suddo i lawr i fy sodlau fel bwled ac yn gwingo wrth feddwl efallai ei fod o wedi fy ngweld i. Dwi'n ffeindio twll bach yn y wal gerrig ac yn tynnu y mwsogl o'r bwlch er mwyn i mi gael golwg fanylach ar be mae o'n ei wneud. Mae ei gefn tuag ata i ac mae'n gosod y cawell ar ben y pentwr o gewyll eraill.

Cwrcwd a chodi rhif 56.

Dwi'n gweithio pob cyhyr yn fy nghoesau i fy nyrchafu er mwyn i mi allu cael golwg iawn arno, a'i astudio o'i gorun i'w sawdl.

Cwrcwd a chodi rhif 57.

Mae'n edrych rhyw ddwy flynedd yn hŷn na fi, o bosib yn bymtheg oed?

Cwrcwd a chodi rhif 58.

Cymedrol o ran taldra ond ysgwyddau praff nofiwr heb ei ail.

Cwrcwd a chodi rhif 60.

Gwallt tywyll, tonnog ac anystywallt wedi ei glymu'n ôl mewn cynffon ceffyl.

Cwrcwd a chodi rhif 61.

Gwddw sgwâr, llydan, a'i grogdlws *manaia* gwyrdd yn gweddu i'w groen lliw olewydd.

Cwrcwd a chodi rhif 62.

Mae ei frest yn llydan ac yn noeth.

Cwrcwd a chodi rhif 63.

Mae'n droednoeth ac mae ganddo draed anarferol o hir.

Cwrcwd a chodi rhif 64.

Trwyn fflat a ffroenau llydan.

Cwrcwd a chodi rhif 65.

Llygaid gwyrdd o ddyfnder y môr sy'n effro ac yn chwilio ac yn troi i edrych i gyfeiriad y wal.

Dwi wedi cyrraedd rhif 72 ac mae fy nghoesau'n gwegian. Dwi'n plymio i lawr i'r palmant ac yn rheibio tocyn o fwsogl gan lacio carreg rydd sy'n syrthio'n swnllyd ar y concrid caled.

Dwi'n edrych mewn panig drwy'r twll ac yn gweld fod Tangaroa wedi codi ei ben i edrych eto i'r cyfeiriad yma. Mae gen i 19 cwrcwd a chodi ar ôl, felly dwi'n penderfynu eu gwneud mewn un tro a chyn gynted ag y galla i er mwyn i mi allu ei heglu hi o 'ma gan obeithio y daw Twm yn ei ôl i'n tŷ ni yn ei amser ei hun.

Cyrcydu. Codi. Rhifau 88, 89, 90 ...

Barod i'w heglu hi.

"*Kia ora, manaia.*"

Daw ei lais o rywle uwch fy mhen mewn cytgord gyda

chwrcwd a chodiad rhif 91. Fy rhif lwcus fel arfer. Dwi'n esgyn yn euog at grib y wal, anadliad i ffwrdd oddi wrtho.

Mae chwilfrydedd yn dawnsio'n chwareus yn ei lygaid.

"Twm!" blyrtiaf, gan ddweud y peth cynta sy'n dod i fy mhen.

"*E moe ana*. Mae'n cysgu i mewn yn fan'na," ateba gan bwyntio at fynwes gynnes Morfa.

# Tangaroa

Tangaroa ydi ei enw. Gwarchodwr y môr. Mab ysbrydol Ranginui, duw'r ffurfafen a Papatūānuku, y fam ddaear, yr hon a anadlodd fywyd iddo.

Mae o'n esbonio hyn i gyd i mi wrth i ni gerdded i lawr y lôn gul sy'n nadreddu tuag at y traeth. Mae'r tarmac yn dal yn gynnes o dan ein traed a dwi wedi tynnu fy sandalau er mwyn gallu teimlo fy ngwadnau yn cusanu'r *whenua*, y tir na ddylid ei sathru dan esgid dyn.

Dwi'n dysgu am arwyddocâd y môr ac am edmygedd y Maorïaid o'i bŵer mympwyol. Ei egni digamsyniol i allu troi tonnau llyfu-bodiau yn ymchwyddiadau awchus a hynny ar amrantiad. Myn y môr ein parch a thyngodd y duw Tangaroa i warchod y cefnforoedd a'i holl greaduriaid.

*Tiaki mai i ahau, maku ano koe e tiaki.*

Os edrychi di ar fy ôl i, mi wnaf innau tithau.

Dwi'n arnofio yn ei gwmni ac yn canfod fy hun yn sbecian yn slei arno drwy gornel fy llygaid nes eu bod nhw'n troi'n groes. Mae ei frest yn noeth a llinynnau cyhyrau ei gefn yn dynn fel tannau wrth iddo angori rhaff bletiog drwchus dros ei ysgwydd. Mae'n tynnu'r cawell cimychiaid sy'n crensian-sglefrio ar raean y tywod mân sydd wedi ei bupro hyd y ffordd. Dydan ni ddim yn mynd i lawr i'r traeth i ddal cimychiaid fel roeddwn i'n arfer ei wneud efo Taid. Rydan ni'n mynd yno i gasglu sbwriel. Llateion difaterwch sydd wedi teithio o bedwar ban byd ac wedi eu chwydu'n wastraffus ar ein traeth bach ni. Mi rydan ni'n mynd i hel cofleidiau o ganiau cwrw a barbeciws un-tro, y math o sbwriel mae o wedi bod yn eu casglu bob dydd ers iddo gyrraedd Morfa gan eu llusgo'n ôl i fyny'r allt i'w hailgylchu'n gyfrifol.

Mae ei wyneb yn cymylu a'i aeliau trwchus yn plygu fel boncyffion ifanc mewn storm.

"*Mahi Kino*," cerydda. "Mae dyn yn ddrwg i'r môr."

*Amharchu* mae o'n ei feddwl.

"Ac yn rhoi dim byd yn ôl."

Nodiaf, heb allu dod o hyd i'r geiriau i ateb rhywbeth mor fawr. Yna daw rhywbeth arall i ddenu fy sylw oddi wrtho. O gornel fy llygaid gwelaf fflach o ffwr du yn croesi'r lôn ychydig fetrau o'n blaenau ni. Twm sydd yno ac mae wedi ein dilyn ni draw o dŷ Nain.

Rhai da ydi clustiau cath ac mae'n rhaid bod Twm wedi clywed sŵn y car yn sgrialu i lawr y ffordd, eiliadau cyn ein rhai dynol ni, gan iddo neidio i'r clawdd a diflannu o'r golwg i ganol yr eithin. Ond mi rydw i'n dal i sefyll yng nghanol y lôn heb symud gewyn yn adrodd y geiriau yn fy mhen deirgwaith er mwyn dod â'r lwc sy'n gysylltiedig â gweld cath ddu yn croesi'r lôn i mi fy hun. Dwi angen lwc ar hyn o bryd!

*Cathddulwcimi. Cathddulwcimi. Cathddulwcimi.*

Mae'r hyn ddigwyddodd nesa fel rhyw olygfa nofio-drwy-driog wrth i drwyn car sgrialu o gwmpas y tro pedol cas, fel un o geir bympars ffair ar ei echel. Dwi'n teimlo llaw yn suddo i fy asennau cyn derbyn hergwd hegar sy'n fy nhaflu i wyneb y bancyn gwair. Dwi'n glanio efo fy moch ar y gwair ac yn ymwybodol o symffoni o synhwyrau hyll sy'n fy ngoresgyn wrth i gar oren hyrddio heibio yn ddigon agos i mi allu gweld fod pedwar person y tu mewn iddo. Daw sŵn clecian fel bwledi allan o ffroenau du yr egsôst sy'n chwythu mwg fel tarw gwallgo. Mae'r car yn diflannu a sŵn dyrnu'r miwsig yn dal i'w glywed yn y pellter a wafft melys o fwg drwg yn crogi yn yr awyr.

"Heli, ti'n iawn?"

Mae Tangaroa ar ei draed.

"Twm?!" rhythaf gan edrych yn wyllt o'm cwmpas.

"Wedi rhedeg yn ôl i Morfa," pwyntia i fyny'r lôn.

Dwi'n sythu fy hun ac yn dechrau tynnu'r pigau eithin sydd wedi cydio yn fy ffrog. Mae yna eiliadau chwithig rhyngom. Dwi isio diolch iddo am achub fy mywyd. Ond mae yna rywbeth yn fy atal. Cywilydd o rywbeth welais i?

Mae o eisoes wedi ailddechrau cerdded i lawr am y traeth ac wedi troi cornel gas arall a diflannu o'm golwg gan lusgo'r cawell yn swnllyd ar ei ôl. Erbyn i mi ei ddal mae o ar ei gwrcwd yng nghanol y ffordd yn pigo sglodion a gweddillion pryd McDonald's a daflwyd o berfedd y car. Mae yna gwpan wag yn dal i rolio'n feddw i gyfeiriad y ffos a dwi'n rhedeg i'w phigo i fyny fel rhyw gi bach ufudd ac yn ei rhoi iddo, gan awchu canmoliaeth.

"Elin oedd hi!" bloeddiaf, a'r cywilydd yn fy mheltio. "Roedd hi yn y car!"

Mae Tangaroa yn nodio'n ddi-hid a chymryd y gwpan oddi arna i i'w rhoi yn y cawell, cyn cau'r agoriad bach gyda'r lats haearn. Mi wnaeth *o* ei hadnabod hefyd. Roedd wedi ei gweld yn yr angladd ac wedyn ym mharlwr Morfa adeg darllen yr ewyllys. A doedd dim gwadu'r gwallt hir coch yna yn cyhwfan fel fflamau drwy ffenast gefn agored y car. Mae'n cario mlaen i gerdded heb ddweud dim nac estyn gwahoddiad i mi ei ddilyn.

Dwi wedi ffeindio lle i swatio tu ôl i'r brwyn sych ar un o'r twyni tra bod Tangaroa yn cribinio'r traeth am sbwriel i'w roi yn ei gawell. Dwi'n gallu gweld Elin a'i ffrindiau yn sefyll wrth y car oren sydd wedi ei barcio wrth y morglawdd yn yfad allan o boteli a chaniau. Mae un ohonynt yn chwyrlïo potel drwy'r awyr ar y traeth gan weiddi ar Tangaroa sy'n amlinell yn y pellter gyda'r llanw.

"Hei, Tango, *fetch*!"

Hen chwerthin cras wedyn.

Ers i deulu Jas a'i brawd mawr, Josh symud i'r pentra, ac i Elin ddechrau ymwneud efo nhw, mae fy chwaer fawr wedi newid. Mae'n aros allan tan berfeddion ac mae'n amlwg ei bod wedi dechrau arbrofi efo cyffuriau. Mae hefyd yn bygwth peidio mynd yn ôl i'r ysgol i wneud ei Lefel A, beth bynnag fydd ei chanlyniadau TGAU, ac mae hyn yn creu tensiwn rhyngddi hi a Mam.

Dwi'n edrych i ffwrdd mewn ffieidd-dod wrth i Elin a Josh ddechrau snogio ar fonet y car. Mae o'n hŷn nag Elin, tua deunaw oed, ac o be dwi wedi ei glywed mae o'n gwerthu tabledi a chyffuriau yn lleol ac yn amlwg yn ddylanwad drwg ar fy chwaer fawr sydd wedi mopio ei phen efo fo.

Mae Elin yn fy atgoffa o Mam, yn ddel ac yn dalentog ac yn licio cael ei gweld. Mi rydw inna'n debycach i Dad, yn fwy mewnblyg a thawel ac yn hapus i edmygu o bell. Fel pan oeddan ni'n arfer mynd rownd eisteddfodau pentra ers talwm. Elin yn ei helfen ar y llwyfan a finna'n eistedd rhwng Mam a Nain yn y gynulleidfa yn teimlo mor falch ohoni. Fy chwaer fawr dalentog.

"Elin fach yn mynd i'r ffair
I werthu gwair am goron,

A'i gwario hi am hances fach sidan i Mam
Mi âi bob cam i Dreffynnon."

Dyma oedd un o'n hoff ganeuon ni'n dwy ar yr adegau hapus hynny pan oedd canu a cherddoriaeth yn rhan ohonan ni i gyd fel teulu. Ganddi hi oedd y llais canu a'r hyder, ac roedd Nain wrth ei bodd yn ei dysgu ac yn aml yn dod i'n cwfwr ni o'r ysgol ac yn mynd â ni yn ôl i Morfa i ymarfer darnau at ryw eisteddfod bentra dros y penwythnos, ac wedyn i gael te bach prynhawn. Mi fyddai Mam yn mynd dros y caneuon efo Elin hefyd ar ein piano ni yn y tŷ gan ei bod hitha wedi hen arfer cystadlu mewn steddfoda bach pan oedd hi'n blentyn, ac mae ganddi lais swynol iawn o hyd.

Ond bron dros nos mi ddiflannodd y gân o galonnau Mam ac Elin, a thros y misoedd diwethaf mae Elin wedi troi yn fwy o archelyn na chwaer i mi. Cyn y metamorffosis roedd hi'n cadw 'mhart i, yn enwedig pan ddechreuais yn yr ysgol uwchradd lle mae plant eraill yn gallu bod mor greulon weithia os nad ydi rhywun yn ffitio o fewn y bocs. Rhyw fymryn bach yn wahanol.

Ar y daith fws o'r ysgol y prynhawn hwnnw roedd Jas a'i chriw wedi dechrau pigo arna i gan fy ngwatwar yn Saesneg. Dyna fyddai Elin yn ei siarad rŵan ers i Jas ddod ar y sîn. Dwi'n cofio teimlo'r ofn yn cau amdana i, yn chwalu drwy fy ngwallt gan wneud i mi dwitsian fel cath. Ac roedd y daith adra yn annioddefol a finna ddim yn gallu sefyll ar unrhyw grac yn y palmant wrth gerdded yn ôl i'r tŷ wrth gwt Elin er mwyn trio atal y fath brofiad annymunol rhag digwydd eto. A dwi'n cofio gweld Jas a'i chriw yn pwyntio ata i ac yn chwerthin am fy mhen o ffenast gefn y bws dybal decar.

"Ty'd yn dy 'laen, y ffrîc!"

Doedd Elin erioed wedi siarad fel yna efo fi o'r blaen.

§

Y noson honno mi gafodd Mam ac Elin hymdingar o ffrae. Roedd fel petai Elin wedi aros i Dad adael am ei shifft hwyr yn yr ysbyty cyn mynd ati i'w herio.

"Ond welish i chi!" Dwi'n gallu clywed Elin yn gweiddi cyhuddiadau o du draw i ddrws caeedig y lownj.

"Mae o drosodd, Elin. Ffling. *One-off*. Efo dy dad dwi isio bod." Llais pathetig Mam.

Dydi hyn ddim y tro cyntaf i mi glywed Elin a Mam yn ffraeo fel hyn a dwi'n gwybod yn iawn erbyn hyn am be maen nhw'n sôn hefyd, er bod y ddwy yn meddwl eu bod nhw'n glyfar iawn yn celu petha oddi wrtha i.

Dydw i ddim mor siŵr fod Dad *isio* bod efo Mam erbyn hyn beth bynnag, er ei fod wedi rhoi i fyny efo lot fawr dros y blynyddoedd diwethaf yma. Mae'n amlwg mai'r rheswm ei fod yn gofyn am fwy o shifftiau nos yn yr ysbyty ydi er mwyn cadw allan o'i ffordd. Cau y drws arni a gadael iddi foddi ei gofidiau. Ac mi fydd Elin wedyn yn sleifio fel rhyw gath allan i'r nos at ei ffrindiau newydd gan fy ngadael i'n edrych allan dros doeau'r stryd at gyfeiriad Morfa ac yn dychmygu Nain yn eistedd ar y soffa, Twm ar ei glin, yn darllen yng ngolau lamp fach neu'n gwylio'r teledu, a'i thraed slipars ar y bwrdd bach broc môr.

Ac wedyn dwi'n gorfod canu 'Y Pren ar y Bryn' deirgwaith drwyddi, o'r gainc hyd at ddim, cyn caniatáu i mi fy hun fynd i gysgu er mwyn cadw pawb yn saff.

*Ffeindabrafoeddybrynlletyfoddypren.*
*Ffeindabrafoeddybrynlletyfoddypren.*
*Ffeindabrafoeddybrynlletyfoddypren.*

§

"Barod?"

Mae Tangaroa a'i gawell gorlawn yn sefyll rhyngddo i a'r machlud fel rhyw dduw gwarchodol. Dwi'n brysio i roi fy sandalau am fy nhraed ac mi rydan ni yn ei throi hi i fyny'r lôn fach droellog heb yngan gair. Mi rydan ni'n gwahanu'n ddisymwth ar y groesffordd ar dop y lôn wrth ymyl giât Nain, a digwyddiadau'r dydd yn drobwll yn fy mhen.

§

Dwi'n deffro gyda hergwd gan glywed sgrechiadau brêcs tu allan i'r tŷ. Mae wyneb fy nghloc bach yn dweud ei bod yn un o'r gloch y bora a dwi'n taflu'r dŵfe o'r neilltu a thros ben Twm sy'n gorwedd ar waelod y gwely, er mawr anniddigrwydd iddo. Dwi'n sbecian drwy'r hollt yn y cyrtans ac yn gweld Elin yn baglu allan o'r car cyn iddo sgrialu i ffwrdd. Daw sŵn cyfarwydd y crafiadau ar y drws ffrynt wrth i Elin ymbalfalu i drio troi'r goriad yn y clo cyn ei ollwng ar y llawr yn swnllyd a dechrau piffian chwerthin. Dwi'n rhuthro i lawr y grisiau ac yn ei gadael i mewn cyn iddi ddeffro'r stryd i gyd. Ac wrth i mi agor y drws mae'n syrthio i mewn i'r cyntedd ac yn gorwedd yno ar y teils yn fflat ar ei chefn, ei ffrog ddu fer wedi cripian i fyny ei chluniau a'i theits yn dyllau i gyd hyd at fonion ei Dr Martens trymion. Mae'n syllu i fyny arna i, ei llygaid yn rholio a'u canhwyllau yn fawr ac yn ddu. Mae'n pwyntio ei bys i fyny ata i ac yn ei siglo'n gyhuddgar.

"Welish i chdi efo dy gariad bach newydd i lawr ar y traeth. Dach chi'n siwtio'ch gilydd. Dau *weirdo*. Dim sgidiau, cario caetsys, hel rybish ... a chditha fel w't ti, 'de ..." chwardda'n afreolus. "Hels-sbels ... *you've been Tangoed*!"

Dwi'n ei hanwybyddu, a straffaglu i drio ei chodi ac yn llwyddo i'w chael ar ei thraed. Dwi'n ei harwain at y grisiau a gadael iddi deimlo ei ffordd i fyny ar ei phedwar. Tua hanner ffordd i fyny mae'n troi ar ei hysgwydd ac yn rhoi ei mynegfys at ei gwefusau.

"Shhhhh Heli, ti'm isio deffro pawb yn y tŷ, nag oes," ffugia, gan wybod yn iawn fod Dad yn y gwaith a'r gwin wedi gorfodi Mam i glwydo'n gynnar. A neb o bwys ar ôl i'w styrbio, dim ond y fi a'r cathod.

# A bydded bywyd

Treuliaf weddill wythnosau'r ha' yn mela yn ei gwmni ym Morfa neu'n cerdded i lawr i'r traeth i hel sbwriel. Y ddau ohonan ni'n rhyw gyffwrdd ymylon ysgwydd bob yn hyn a hyn. Siffrwd bod yn sfferau ein gofodau heb deimlo'r angen i rannu geiriau, os nad oeddan nhw'n dod. Ymdrochi yn ein gilydd heb ddal llygaid. Dim ond eu teimlo.

Ambell waith pan fydd y cawell cimychiaid yn bochio gan blastig a dim lle i fwy, mi fydda i'n mentro ei ddilyn i mewn i'r môr. Fel arfer, yn ystod yr oriau hynny pan fydd y traeth wedi dechrau gwagio a chyn i bobl y barbeciws gyrraedd.

Teimlaf fy hun yn chwyddo mewn hyder, uwchlaw ac o dan y tonnau, wrth i ni chwarae mig fel llamhidyddion. Weithia, mi fyddan ni'n cael cystadleuaeth i weld pwy fydd yn gallu dal ei wynt hiraf o dan y dŵr, a phlymio i chwilio am gregyn neu gerrig llyfnion anarferol hyd wely'r môr. Cyn ffrwydro i'r wyneb i drochfa pelydrau'r haul sy'n pefrio'n frychni pinc ac oren y machlud ar ein hwynebau. Mae Tangaroa yn nofiwr penigamp ac yn gallu troelli fel morlo chwareus o'm cwmpas a'i lygaid yn fawr ac yn fyw. Mae wedi fy nysgu inna sut i agor fy llygaid o dan y dŵr; i weld yr anweladwy a chlywed yr anghlywadwy.

Mi fyddan ni wedyn yn gorwedd yng ngwellt y twyni a gadael i ddiferion olaf yr haul grimpio ein dillad sy'n glynu i'n cyrff. A theimlo'r gwres yn gynnes ar gloriau ein llygaid. Ac weithia mi fyddan ni'n dechrau sgwrsio, gyda phob dadleniad fel symudiadau brwsh ar gynfas y gorwel wrth iddo beintio darlun i mi o'i fywyd ym mae Kaikōura yn Seland Newydd.

Dwi'n dychmygu Kaikōura fel tref glan y môr fechan sy'n swatio yng nghesail penrhyn cysgodol lle mae'r môr yn cwrdd â chefnlen ddramatig y mynyddoedd a'u copaon eisin eira. Siapiwyd y penrhyn cysgodol gan gleddyf hud y duw Marokura a gerfiodd hefyd y ceunentydd a'r hafnau tanddwr a ddaeth yn hafan i'r morfilod, yr orcas, y dolffiniaid, y morloi, y pengwiniaid llygatlas, piod y môr a'r albatrosiaid brenhinol brodorol, sy'n denu ymwelwyr o bedwar ban byd yno i'w gweld.

Mae ei lygaid yn craffu tua'r gorwel wrth iddo sôn am sut y byddai'n codi efo'r wawr yn ystod yr ha' tymhorol, sef ein gaeaf ni, ac yn rhedeg i ben uchaf y penrhyn i chwilio am ffyrch cynffonnau'r morfilod sberm wrth iddynt ddod i mewn i'r bae i fwydo. Byddai wedyn yn gallu rhoi syniad i Yncl Morlais yn fras ble'r oeddan nhw, fel y gallai yntau baratoi ei gychod gwylio i gludo twristiaid i brofi'r wefr o weld y mamaliaid hynod yma mor agos ac yn eu cynefin naturiol.

Roedd Tangaroa wedi bod yn helpu ei lystad gyda'i fusnes cychod gwylio ers pan oedd yn blentyn, ac wedi dod yn arbenigwr ar orwedd ar fwrdd y llong i glustfeinio am y morfil yn brigo o'r dyfnderoedd. Byddai'n rhedeg wedyn ar draws bwrdd y llong gan ymblethu drwy'r ymwelwyr i'r caban bach i ddweud wrth Yncl Morlais fod un ar fin ymddangos fel y gallai lywio'r llong o fewn golwg i'r morfil, ond byth yn rhy agos, er mwyn dangos parch i'r creadur hynod.

*Tere tohorā, tere tangata.*

Ble cyrcha'r morfil, dilyna dyn.

Dro arall, pan fyddai'r morfilod wedi cilio yn rhy bell allan i'r môr i chwilio am lonydd, Tangaroa fyddai'r cyntaf i ddeifio i blith y dolffiniaid chwareus fyddai wedi bod yn nofio'n gyfochrog â'r cwch cyn angori. Byddai'r ymwelwyr yn talu am y profiad o nofio efo nhw.

Ac wedi diwrnod yn helpu ar y cychod gwylio mae Tangaroa yn disgrifio sut y byddai weithia'n dychwelyd i'r môr i gasglu'r cregyn gleision gwefus-wyrdd fyddai wedi swatio eu hunain yn glyd ar wely'r môr, a hynny er mwyn mynd â nhw i'w fam i'w goginio i swper, un o'u hoff fwydydd nhw fel teulu. Ar ei deithiau tanddwr deuai yn aml ar draws ambell forfarch yn sbecian yn swil arno rhwng y cwrel neu siarc pigmi yn ystumio'n araf heibio iddo. Ac o dro i dro, y gragen Paua hardd y byddai'n ei rhoi yn anrheg i'w fam i ddod â lwc dda iddi.

Rhai prynhawniau wedi i ni fod yn nofio, dydi o ddim yn teimlo fel bod yn gymdeithasol ac mae'n fy nghau allan yn llwyr. Ac mi rydw inna wedi dysgu derbyn hynny a pheidio â disgwyl dim ganddo. Mi fydd yn nofio i ffwrdd oddi wrtha i a dwi'n gwylio ei gorff yn codi ac esgyn rhwng y tonnau. Gan wybod y daw yn ei ôl yn ei amser ei hun.

Ar ôl camu o'r dŵr mi fyddan ni wedyn yn gorwedd yn y glaswellt melyn, sych ac yn syllu i fyny ar yr awyr ac weithia yn cael gêm o greu siapiau dychmygol o'r cymylau. Siapiau yn amrywio o fap o rywle yn y byd, i ddraig yn chwythu fflamau, i gennau macrell neu anifail neu aderyn o ryw fath. Ac weithia mi fyddan ni'n rhannu ac yn cymharu ein gweledigaethau efo'n gilydd. Dro arall ddim. Ond y prynhawn hwnnw roedd yn ysu i siarad.

Rhannu.

Ymddiried.

Mae'n pwyntio i fyny i'r awyr.

"*Taroa.*"

Dwi'n dilyn ei fys at gwmwl sy'n edrych fel gwylan enfawr a'i hasgell yn hedfan uwch ein pennau ac yn ymdrochi dros y môr. Mae yna ddarnau bach toredig o gwmwl yn tywallt o'i hadain fel plu yn syrthio'n ysgafn drosom. Mae'n estyn ei law i fyny fel petai'n ceisio eu dal.

"Albatros Brenhinol Kaikōura," sibryda wrtho'i hun.

Ac yn ei acen araf sy'n ymdonni rhwng y Gymraeg a'r iaith Faori mae'n dechrau ar ei stori.

§

*Ar adain yr awel treuliai albatros ifanc o'r enw Anahera y rhan helaethaf o'i hamser allan ar y môr mawr ymhell o'r penrhyn cysgodol ble y deorodd o'r nyth. Mae'n rhaid iddi deithio ymhell, rhai miloedd o gilometrau i chwilota, gan orffwys a chysgu ar wely'r tonnau. Mae am wneud yn siŵr ei bod yn dychwelyd gyda'r bwyd gorau i ddigoni ei chyw er mwyn rhoi'r dechreuad gorau i'w fywyd. Dyma yw ffordd yr albatros.*

*Ag asgell anferth ei hadenydd yn hollt rhwng y môr glaswyrdd a'r haul crasboeth uwch ei phen, mae'n cadw llygad ar y llecyn serth ym mwsogl y mynyddoedd yn y pellter ble mae'n gwybod bod ei chymar oes yn gofalu am eu hepil cyntaf. Mae'n ei gadw yn saff nes y bydd hi'n dychwelyd. Mae'n ehedeg fry, ac yn teimlo gwres yr haul yn gynnes ar ei chefn ac ar blu ei hadenydd hir; y plu y byddai'r helwyr mor* falch o'u cael a'u gwisgo. Cymaint yw symbolaeth o harddwch a grym yr albatros.

Mae'r awyr yn glir ac mae'n barcuta i weld ble mae'r pysgod brasaf yn nofio yn y dŵr gwydr, gwyrddlas oddi tani. Mae'n gweld eu silwéts du yn igam-ogamu mewn haig. Mae'n dechrau cylchu. Cyn hofran. Yna'n plymio i lenwi ei phig a'i stumog gyda'r pysgod mân, cregynbysgod, sglefrod môr, ac yna'n gorffwyso ar y tonnau cyn dechrau bwydo eto. Unwaith y bydd ei bol yn llawn bydd yn hedfan dros y don i gyfeiriad y mynyddoedd a'u copaon gwyn ac at groeso ei phartner a'i hepil. A bydd yn chwydu ei pherfedd i'w geg i lenwi ei stumog.

Dro arall, pan fydd y môr yn arw a'r bwyd yn brin ac yn anoddach i'w ganfod, tro ei phartner yw mynd allan. Ar adegau fel hyn bydd yr albatrosiaid yn dilyn y cychod pysgota er mwyn chwilio am fwyd. Dydi'r pysgotwyr ddim yn hoff o hyn ac o orfod cystadlu gyda'r albatros am eu helfa.

Mae'n cofio'r aros amdano, ar ochr y llethr yn edrych allan dros y penrhyn i'r môr. Tu hwnt i fforchau cynffonnau'r morfilod sberm a'r podiau o ddolffiniaid chwareus, tu hwnt i'r cychod gwylio sy'n eu cwrso, ymhell i'r gorwel ble mae ei chymar oes yn llenwi ei big. Mae ei chyw yn swatio oddi tani ac yn tynnu yn ei phlu er mwyn cadw ei hun yn gynnes dan gesail ei chalon, ac yn swnian bob hyn a hyn am fwyd i lenwi ei stumog wag.

"Fydd Dad ddim yn hir," yw ateb Anahera, wrth i'r awyr uwch ei phen gymylu ac i chwa o awel oer gynhyrfu ei phlu. Mae ei chyw yn gwthio'n dynnach o dan ei bol ac yn mynd i gysgu.

Allan ar y môr mae yna albatros gwrywaidd gosgeiddig yn dilyn cwch pysgota mawr sy'n rhwydo'r pysgod bras i gyd. Mae'n gwybod fod yr hyn mae'n ei wneud yn beryglus a chymaint yw bygythiad y pysgotwyr ar fwrdd y llong iddo.

Ond mae ei deulu yn dibynnu arno am fwyd. Mae'n rhaid iddo gymryd siawns. Mae'r môr yn arw. Mae'n plymio. Ac mae'n teimlo'r rhwyd yn cau am ei adenydd anferth a'r rhaff yn torri i'w gnawd. Mae'n troelli yn ei unfan i geisio dianc ac yn cael ei wasgu yn dynnach rhwng pysgod y ddalfa sy'n gwingo rhag eu tranc ac sydd yn ei fygu. Yn ei foddi.

Ac wrth i'r pysgotwyr dynnu'r rhwyd sy'n bochio o bysgod i fyny ar fwrdd y llong a gweld yr albatros gwryw gosgeiddig yn farw yn eu plith, am foment fach teimlant yn edifar. Cyn iddyn nhw ddechrau ymhyfrydu yn eu lwc a dechrau plycio ei blu enfawr gwyn a du o'i gorff llonydd, cynnes, cyn i'w waed ddechrau oeri. Ac maent yn gwisgo ei blu yn eu gwalltiau ac yn dawnsio a gweiddi ac ymhyfrydu yn eu symbolaeth, un o statws a phŵer.

Llifa'r dagrau hallt i lawr pig Anahera wrthi iddi syllu i wagle'r gorwel am gymar na ddaw yn ôl.

Mae'n gwneud ei gorau i fagu ei chyw ar ei phen ei hun nes y bydd yn ddigon hen i hedfan y nyth. Mae'n dysgu popeth a ŵyr iddo ac yn ei annog i deithio am filltiroedd i chwilio am fwyd, i gysgu ar ei adain, cyn dychwelyd i'r penrhyn cysgodol.

O dipyn i beth daw Anahera o hyd i gymar newydd sy'n ei helpu i fagu'r albatros ifanc yn un cryf a hapus, fel y gall ganfod ei lwybr ei hun, ymestyn ei adenydd anferth a hollti'r môr a'r haul ar fyd yn llawn golau a gobaith.

Ond gyda threigl amser mae Anahera yn ei chael yn anoddach i ymdopi ar adain y gwynt. I esgyn mor uchel. I deithio mor bell. Mae ei chyw wedi aeddfedu ac yn tyfu'n annibynnol yng nghwmni ei chymar newydd, sy'n ei garu fel ei gyw ei hun. Ac un diwrnod, ym mynwes y mwsogl ar lethr y graig mae'n cau ei llygaid am y tro olaf.

Mae ei chyw a'i chymar newydd yn torri eu calonnau a'r bae yn wag heb ei chwmni. Ond bob hyn a hyn daw cysgod

*gwarcheidiol ei hadenydd i drochi drostynt ac fe'i clywir yn eu*
*cysuro. Rydw i yma. Rydw i yn eich gwarchod. Rydw i'n fyw.*
*Tihei Mauri Ora.*
*A bydded bywyd.*

§

Mae Tangaroa yn gorffen ei stori ac mae yna saib hir.
Dydw i ddim yn siŵr be i'w wneud nesa. Mae'r Bwgan-
Beth-Os wedi meddiannu fy meddyliau ers cymaint o
flynyddoedd dydw i ddim yn dda iawn mewn sefyllfaoedd
fel hyn ac yn aml yn dweud y peth anghywir. Ac felly dwi
wedi dysgu fy hun i beidio dweud dim byd rhag brifo
teimladau neb.

Dwi'n edrych i fyny i'r awyr am arweiniad ond mae'r
cwmwl albatros wedi diflannu a gwasgaru yn ddarnau
mân. Mae hynny i mi yn arwydd.

Mae gwylan unig yn cylchu uwch ein pennau gan
fewian yn ddiamynedd, a daw chwa o awel gref o rywle
a chwyrlïo o'n cwmpas cyn nadreddu'n swnllyd drwy'r
gwellt sych y tu ôl i ni. Dwi'n codi fy mhengliniau at fy
ngên ac yn tynnu fy ffrog ha' drostynt a lapio fy mreichiau
o'u cwmpas i drio cadw dipyn o gynhesrwydd. Dwi'n
teimlo fy hun yn siglo fel y bydda i'n ei wneud pan fydda
i'n ansicr.

Mae yna ambell gwpl, criw o bobl ifanc a theuluoedd
wedi cyrraedd y traeth erbyn hyn ac yn chwilio am y
llecynnau mwyaf cysgodol rhwng y creigiau i gynnau eu
barbeciws a'u cŵn yn rhedeg ar ôl peli yn gyffrous, eu
pawennau yn peltio'r tywod rhychiog a gwlyb.

Wrth wylio silwét mam a thad yn siglennu plentyn
rhyngddynt wrth redeg ar ôl y llanw sy'n cilio rhagddynt,

mae arwyddocâd stori Tangaroa yn pwyso hyd yn oed yn drymach arna i. A'r cwestiynau yn dechrau chwyrlïo yn fy mhen.

Dwi'n brathu fy ngwefus yn galed ac yn dechrau siglo yn ôl ac ymlaen yn gyflymach gan obeithio yr aiff yr ysfa i ffwrdd. Er nad ydw i'n troi i edrych arno dwi'n ymwybodol o'i bresenoldeb wrth fy ochr ac mae'n RHAID i mi ei holi. Gwrando ar Lais y Bwgan-Beth-Os, neu mi fydd rhywbeth yr un mor ofnadwy ag sydd wedi digwydd i'w fam yntau yn digwydd i fy mam inna. Ac mae hi mor fregus ar hyn o bryd.

*Deudo. Deudo. Deudo.*

"Anahera ... dy fam?"

Dwi'n darllen ei dawelwch fel cadarnhad.

"Ydi hi wedi marw?"

Mae'n codi ar ei eistedd a dwi'n cau fy llygaid ac yn aros am ei gerydd. Ond does dim arwydd o gasineb na dicter yn osgo ei gorff.

"Chwe mis yn ôl. Mi gafodd hi gancr," ateba'n dawel.

Dwi'n teimlo ias yr awel yn byseddu fy asgwrn cefn. Ac er mawr syndod i mi mae'n parhau i siarad. I esbonio.

"Roedd hi'n gweithio mewn gwarchodfa albatrosiaid. Mi wnaeth rhywun dorri i mewn a lladd nythaid o gywion. Rhoddodd hynny felltith ar bopeth. Mi dorrodd ei chalon."

Mae fy stumog yn troi ac mae'r Llais yn dal i saethu cwestiynau nad ydw i isio eu gofyn, fel bwledi yn fy mhen.

"A dy dad?"

"Mi gafodd o ddamwain pan o'n i'n fach, allan ar y cwch."

*Deudo.*

*Dosichwara.*

*Deudo.*

*Dosichwara.*

*Deudo.*

*Dosichwara.*

"Be ddigwyddodd?"

"Roedd yn nofio gyda'r dolffiniaid pan ddaeth haig o orcas o unlle a dechrau eu lladd. Cafodd Dad ei wthio o dan y cwch a'i ddal yn y propelar."

Tawelwch.

"Dwi'n cofio'r dŵr yn troi'n goch."

*Dwishochwdu. Dwishochwdu. Dwishochwdu.*

"A pwy ydi Morlais?"

Gwthio'r ffiniau.

"Fo oedd partner Dad yn y busnes cychod gwylio. Mi fuodd yn gefn i fi a Mam ar ôl i Dad farw ac mi ddaeth Mam ac o yn gariadon a phriodi ychydig flynyddoedd wedyn. Mi gafodd o ei eni yng Nghymru ac mae wedi sôn lot am y wlad wrtha i. Fo ddysgodd fi i siarad Cymraeg pan oeddan ni allan ar y môr ar y cychod gwylio."

*Amen. Amen. Amen.*

Dwi'n mentro troi i edrych arno. Ond mae'n troi ei ben rhag dal fy llygaid. Mewn ffieidd-dod, efallai?

Ac wrth i blu y cymylau waedu'n gyflafan rhwng dagrau'r machlud mae'n codi ar ei draed ac yn troi ei gefn arna i.

# Si-so Jac-y-do

Dydi Dr Gwynne erioed wedi bod yn Seland Newydd. Ond mi fasa fo'n licio mynd ryw ddydd. Mae o wrthi yn astudio fy nyddiadur ac yn trio dehongli'r sgribyls a'r dŵdlo blêr sy'n pupro'r tudalennau. Yn trio gwneud synnwyr o fy meddyliau obsesiynol.

Mae'n haws gen i brosesu petha drwy dynnu lluniau. Dydi sgwennu ddim yn dod yn hawdd i mi ac mae'r athrawon o hyd yn cwyno am fy llawysgrifen traed brain.

"Dyma ni lun diddorol. Be ydi'r stori yma?"

Does dim rhaid i mi godi fy mhen i edrych ar yr hyn mae'n cyfeirio ato. Dwi'n cofio pob manylyn bach, yr hyn a gymerodd oriau i mi ei sgetsio yn defnyddio'r pensiliau arlunio drud ges i gan Dad ar fy mhen-blwydd. Yn y llun mae'r duw Māui yn pysgota y *Te Ika-a-Māui*, Ynys y Gogledd, o fwrdd ei *waka*, ei ganŵ, sydd ar siâp *Te Waka-a-Māui*, sef Ynys y De. Mae Tangaroa, duw y môr, a'i wallt du yn tywallt dros ei ysgwyddau llydan a'i frest yn noeth, yn esgyn o'r dyfnderoedd gyda'i waywffon ac yn cyhoeddi mai'r ynysoedd yw ei rodd; ei *Aotearoa*.

Dwi'n gwyro fy llygaid rhag dal ei rai yntau. Dydw i ddim isio ei ateb ac mae'r llun wedi ei labelu'n ddigon clir. Trio cynnau sgwrs mae o er mwyn fy atal rhag gwneud yr hen synau gyddfol dwi wedi bod yn eu gwneud ers i ni ddechrau ar y sesiwn therapi. Sŵn tebyg i ryw hen igian hyll i gyfeiliant grwnian mynd-ar-nerfau-rhywun y gwyntyll bach rhad sy'n troelli ar y llawr yng nghornel yr ystafell. Mae'n chwilboeth yma. Ac yn drewi o ogla chwys rhwng patshys tamp ceseiliau crysau Dr Gwynne a Dad.

Mi rydan ni ynghanol cyfnod o wres eithafol ers wythnos a'r tymheredd wedi bod yn cyrraedd bron i 40 gradd Celsiws. A neb yn gallu delio efo'r peth. Dwi'n gwybod mai newid hinsawdd sydd wrth wraidd hyn ond dydw i'm isio mynd i fanno; does gen i ddim lle yn fy mhen.

*Acosmarbydyndodiben. Acosmarbydyndodiben. Acosmarbydyndodiben.*

Dwi'n cwffio'r awydd i ganu'r geiriau ar dop fy llais. Er bod Dr Gwynne wedi hen arfer efo fi'n gwneud hynny yn ystod ein sesiynau ac mae'n siŵr na fyddai'n malio botwm corn. Dim ond eistedd yn ei gadair ac aros i mi orffen ac edrych ar y weithred fel rhyw fath o arwydd ei fod wedi llwyddo i dorri trwodd. Dwi'n cau fy llygaid yn dynn ac yn dechrau siglo yn ôl ac ymlaen yn fy sedd gan wneud y synau gyddfol eto. Mae cledrau fy nwylo'n wlyb ac yn llithro ar hyd ymyl y plastig caled.

Mae Dad yn gwasgu ei law yn dyner ar fy nglin i fy sadio. Fo sydd wedi dod yma efo fi heddiw. Dydi Mam ddim mewn unrhyw stad i fynd i unlla dyddiau yma a phrin yn codi o'i gwely yn ddigon buan yn y boreau, dim ond i ffonio'i gwaith i ddweud ei bod yn sâl gan gynnig rhyw esgus ceiniog a dima. Dwi hefyd yn gwybod mai Dad sydd wedi ffonio i holi am yr apwyntiad brys yma, a hynny oherwydd y ffordd dwi wedi bod yn 'actio' dros yr wythnos ddiwetha yma. Poeni mae o, bechod.

Mae Dr Gwynne yn gwenu drwy ei ddannedd cam ac yn trio eto.

"Mae gen ti dalent. Artist o fri. Mae'r march y môr yma yn anhygoel."

Mae'n pwyntio at y diagram ar dudalen arall.

Dwi'n gwgu at ei hyfdra. March y môr! Dwi'n *gwrthod* defnyddio'r enw yna. Does dim hud na chyfaredd yn perthyn iddo wrth ddisgrifio rhywbeth mor hudolus a chain.

Morfarch ydi o.

Hipocampws yn yr iaith Roegaidd.

*Manaia* mytholegol i'r Maorïaid.

Dwi wedi creu map meddwl ac wedi sgwennu ffeithiau blith draphlith ar y dudalen o gwmpas y morfarch, a hynny ar ôl treulio oriau yn ymchwilio ar y we i'r creaduriaid hynod yma sydd wedi dod yn dipyn o obsesiwn i mi.

Amalgam yw'r morfarch o wahanol greaduriaid efo pen ceffyl, llygaid madfall, cynffon mwnci, poced cangarŵ, arfwisg armadilo ac adenydd aderyn y si.

Maen nhw'n enwog am fod yn nofwyr gwael a'r pysgod arafaf yn y cefnfor.

Dydyn nhw ddim yn greaduriaid cymdeithasol ond pan ddown nhw o hyd i gymar maen nhw'n aros efo'i gilydd am byth. Yn ystod y garwriaeth bydd y pâr yn cwrdd bob bora i berfformio 'dawns y wawr' er mwyn selio eu perthynas glòs.

Maen nhw'n bridio rhwng misoedd Mawrth a Hydref a bydd y fam forfarch yn gadael ei hwyau ym mhoced y dyn. Yna, y dyn fydd yn geni'r morfeirch babi, neu silod fel maen nhw'n cael eu galw, a gall fod hyd at fil ohonyn nhw!

Mae morfeirch yn cael eu defnyddio mewn meddyginiaethau Asiaidd er mwyn gwella pobl o asthma, clefyd y galon neu i feichiogi a geni plentyn.

"Diolch," ymatebaf yn ddi-hid i'w ganmoliaeth ffug. Yn ddiarwybod dwi wedi dechrau anwesu crogdlws y morfarch arian ar fy swynfreichled er mwyn gallu teimlo Nain, rhywbeth wna i'n aml pan fydda i'n teimlo ar goll ac angen help rhywun sydd yn fy neall. Dwi'n sylweddoli yn sydyn be dwi'n ei wneud ac yn stopio fy hun rhag cyffwrdd y metel arian. Un craff ydi Dr Gwynne a dydw i ddim am iddo ddechrau gofyn cwestiynau a thyrchu i fy mherthynas efo Nain eto. Yn enwedig a hitha erbyn hyn yn 62 diwrnod marw oed.

Mae o'n troi'r dudalen yn fy nyddiadur a dwi'n gwybod be mae'n mynd i'w weld nesa. Ac mae gen i ofn beth fydd ei ymateb i'r fath sinistrwydd fydd yn syllu'n ôl arno. Dwi'n gorfodi fy hun i astudio ei wyneb am 27 eiliad ond fedra i ddim gweld dim byd. Mae'n anodd darllen meddyliau therapyddion.

Mae o'n gwyro ei ben rhyw fymryn wrth edrych ar y llun o'r albatros efo'r diferion gwaed yn syrthio o'i big.

"Hmmm, llun diddorol arall fan hyn gen ti," pendrona. "Wyt ti am egluro i mi be sy'n digwydd yma?"

Dwi isio sgrechian.

*Dwimbo. Dwimbo. Dwimbo.*

Chi ydi'r therapydd. Ganddoch chi mae'r atebion i gyd i fod!

Mae'n dal i syllu arna i yn ddisgwylgar-garedig heb fentro rhoi geiriau yn fy ngheg. Fel rhiant yn rhoi amser i blentyn bach brosesu ei feddyliau cyn ymateb gyda'i ystod o eirfa brin. Mae hynny yn fy nhaflu yn llwyr ac yn gwneud i fy meddwl fynd yn hollol wag.

Mae o'n dal i syllu.

*Tishoblydillun. Tishoblydillun. Tishoblydillun.*

Dwi'n chwilio hyd brysurdeb ei ddesg am ganolbwynt arall. Mae'r glôb eira wedi mynd. Lwcus, neu mi faswn i wedi cael fy nhemtio i'w daflu i'w daflu i'w daflu i'w daflu erbyn y wal i gyfleu'r lluwch sydd yn fy mhen ar y funud. Yn ei le mae yna galendr ar ffurf tri bloc o bren ciwboid sy'n datgan:

# AWST 0 6

Mae'r chweched dydd o bob mis yn ddiwrnod anlwcus i mi erbyn hyn gan mai ar y chweched o Fehefin y gwnes i ladd Nain. 62 diwrnod yn ôl. Dwi'n dechrau anadlu'n drwm ac yn teimlo'r panig yn dechrau pwmpio drwy fy ngwythiennau ac o gwmpas fy nghorff.

"Llun o albatros ydi o, yndê, Heli?" Daw llais Dad â fi at fy nghoed, a'i bwyslais bwriadol ar y gair 'albatros' yn fy nhrywanu.

Dwi'n gwybod rŵan mai Dad sydd wedi fy mradychu ac wedi dweud y cyfan wrth Dr Gwynne ar ôl i ni gael sgwrs ar y grisiau'r noson o'r blaen. Yn ein lle arferol. Ar y trydydd gris, wrth y trydydd polyn canllaw. Wrth ymyl wyneb Iesu Grist. Ac i mi ymddiried ynddo stori drist Tangaroa a melltith yr albatros wedi i rywun ddifrodi'r nyth, a sut yr arweiniodd hynny at ei fam druan yn gorfod talu'r pris eithaf.

Dwi wedi bod yn gwylio fideos YouTube am albatros- iaid ac wedi bod yn ymarfer dynwared eu synau, rhyw fath o riddfan a grwnian a chlician, ac yn trio ail-greu y sŵn yng nghefn fy ngwddw. Os na fydda i'n llwyddo i wneud hyn mi fydd melltith yr albatros yn cael gafael ar Mam hefyd yn yr un modd ag y gwnaeth i Anahera, mam Tangaroa.

Dwi'n casáu adar.

Bob man dwi'n mynd maen nhw yna. Yn fy nilyn. Bob dydd mi fydda i'n gweld un bioden anlwcus a dwi'n treulio'r hyn sy'n teimlo fel oriau wedyn yn aros i un arall ddod ata i, i mi gael canslo'r anlwc am lwc. Dwi wedi gwaredu tŷ ni o bob llun ac ornament o adar i'w hatal rhag dod â mwy o anlwc ar yr aelwyd. Yn enwedig tylluanod. Adar corff.

Dydw i heb fod yn cysgu'n dda ers dyddiau ac mae llais Nain yn pedlo caneuon Cwm Rhyd-y-Rhosyn ar yr organ wedi bod yn mynd rownd a rownd yn fy mhen fel un o'r tiwniau crwn yr oedd mor hoff o'u canu. Dwi wedi sylweddoli cymaint o'r caneuon sy'n sôn am adar anffodus. Dyna chi Dderyn y Bwn druan yn disgyn ar ei ben: *bwm, bwm, bwm, bwm* a Cheiliog Bach y Dandi yn crio drwy'r nos a'r hen dderyn bach a dorrodd ei galon wedi i blant drwg dynnu ei nyth. Ac wrth gwrs, Jac-y-do druan. Dydi hyn i gyd ddim yn gyd-ddigwyddiad.

A dwi'n dal i weld llygaid Jac-y-do yn syllu i fyny arna i o'r gwair a finna'n meddwl ei fod wedi marw. A'r eiliad nesa mae'n cau ac agor ei lygaid eto i gadarnhau ei fod o'n dal yn fyw. Ac mae'r Llais yn fy ngorfodi i chwilio am garreg arall, un fwy y tro yma, a'i daro ar ei ben bach eto ac eto ac eto i wneud yn siŵr fy mod yn ei ladd y tro hwn. Ac mae fy nhu mewn i'n sgrechian fy mod yn gorfod gwneud y ffasiwn beth. Ond roedd o'n arwydd. Arwydd o anffawd fod yr aderyn wedi hedfan i mewn i wydr fy ffenast llofft a tharo ei hun yn anymwybodol yn y lle cyntaf. Mi fedrwn ei weld o'n dartio tuag ata i o'r awyr, yn saeth ddu oedd yn trio dod i mewn i fy llofft i wasgaru ei anlwc.

"Ddaw yna 'run aderyn i'r tŷ yma, dros fy nghrogi," fyddai Nain yn ei ddweud pan fyddai Taid yn ei herian ei fod am brynu parot gan hen forwr i lawr y lôn. "Ddôn nhw â dim byd ond anlwc ar ein penna."

Mi glywais y glec wrth i'r Jac-y-do daro'r gwydr ac mi ruthrais i lawr y grisiau ac allan drwy'r drws i'w weld yn gorwedd ar ei gefn yn hanner byw a hanner marw ar lawnt yr ardd, a'i draed bach fforchog yn pwyntio tua'r nefoedd. A'r peth mwyaf trugarog i'w wneud oedd ei ladd yn y fan a'r lle. Rhoi terfyn ar ei ddioddefaint.

Dwi'n cofio teimlo oerfel y garreg yn fy llaw. Dwi'n cofio'r glec wrth i benglog Jac-y-do sbydu. A dwi'n cofio'r edrychiad ar wyneb Dad oedd wedi cyrraedd mewn pryd i dystio i'r weithred.

> Si-so Jac-y-do,
> Dal y deryn dan y to,
> Mynd i Lundain i roi tro,
> A dyna ddiwedd Jac-y-do.

Dwi'n codi fy llygaid ac yn edrych yn glwyfedig ar Dad o dan fy ffrinj ac yn teimlo fel Iesu Grist yn edrych ar Jiwdas. Dydi o ddim yn cymryd unrhyw sylw ohona i. Mae o'n rhy brysur yn siarad efo Dr Gwynne amdana i. Fel taswn i ddim yma.

Dwi'n codi fy nhraed oddi ar y llawr i fyny ar y gadair ac yn lapio fy mreichiau o gwmpas fy mhengliniau a'u tynnu at fy ngên. A dwi'n gafael yn ymyl y ddesg ac yn siglo yn ôl ac ymlaen yn y gadair blastig. Dwi'n clywed cymysgedd o synau yn chwyrlïo yn fy mhen.

Grwnian y gwyntyll. Gwich y gadair. A fy llais i fy hun yn canu 'Si-so Jac-y-do'.

Dwi isio gweiddi-sgrechian y cwestiynau a mynnu atebion.

Pam ydw i yma?

Be ydi pwynt hyn i gyd?

Ydach chi'n mynd i allu tawelu y Bwgan-Beth-Os?

Ydw i isio ei wared?

Ydach chi'n trio fy newid i?

Ydi hynny yn bosib?

Heli Jôs, honco bost.

# Cist

"Dwi wedi gneud crempogau bach i chdi i frecwast," gwena Mam a'i hwyneb yn bictiwr o'i theimlad braf-yn-ei-bol.

"Ty'd i ista yn fa'ma i'w byta nhw, pwt."

Mae'n tynnu'r stôl uchel sydd wrth yr ynys i mi gael eistedd arni ac yn rhoi'r plât o grempogau sy'n dal i stemio o 'mlaen i. Mae wedi gosod chwarter bach o lemon a phowlen o siwgr wrth eu hymyl, yn union fel byddai Nain yn ei wneud ar foreau Sadwrn ar ôl i mi fod yn cysgu ym Morfa dros nos.

Mae'n fore chwilboeth arall a'r gwres eisoes yn cropian i mewn ar ei bedwar drwy ddrws y gegin sy'n llydan agored er mwyn gadael i ogla ffrio y crempogau ystumio allan. Dwi'n dechrau sglaffio'n awchus ac mae Mam yn hymian wrthi ei hun wrth sgwrio'r badell ffrio yn y sinc, gan edrych allan ar yr ardd anystywallt sy'n ferw o wenyn a philipalod yn peillio'r llwyni grug a lafant. Mae'r haul yn tanio modrwyau fflamgoch ei gwallt sy'n syrthio'n llac dros ei hysgwyddau a'i slip nos. Ac mae'r olygfa yn fy atgoffa o'r diwrnod hwnnw y cefais gip arni yng nghegin fach tŷ Nain, yn hwylio ei the bach pen-blwydd. Yn hapus ac yn hardd.

Peth prin ydi ei gweld hi wedi codi o'i gwely mor gynnar. Fel arfer mi ddaw lawr yn ei chwman mewn hen grys-T mawr sy'n perthyn i Dad ac yn ei dillad isa, gan ddangos ei choesau hir. Ac yna llusgo ei hun yn ôl i'r gwely a'i mỳg o goffi du yn ei llaw gan brin gydnabod neb.

"Ydyn nhw'n neis, cyw?" hola gan ddod i eistedd wrth fy ymyl.

Dwi'n codi fy mawd a'm bochau bochdew yn llawn.

"Dydyn nhw'n ddim patsh ar rai Nain, mae'n siŵr, ond dwi'n falch bod nhw'n plesio," medda hi, gan fy mhwnio'n chwareus.

Mae'n troi ei phen tua'r ardd eto gan gylchu ei bodia o gwmpas ei mỳg.

"Be ti am wneud heddiw?" gofynna heb edrych arna i.

Does gen i ddim cynlluniau. Dydw i heb weld Anwen drwy'r gwyliau gan ei bod yn treulio bob awr efo'i ffrindiau newydd. Ac mae hynny'n iawn gen i. Dwi wedi derbyn nad ydw i'n ffitio mewn efo'r criw. Dydw i chwaith heb weld Tangaroa ers y prynhawn hwnnw pan gerddodd i ffwrdd oddi wrtha i ar ôl rhannu ei stori am ei fam, a dwi heb wneud unrhyw ymdrech i gysylltu efo fo gan nad ydw i'n siŵr iawn be dwi fod i'w ddweud na sut dwi fod i ymddwyn o'i gwmpas.

"Dwi'm 'bo," atebaf gan godi fy ysgwyddau.

Mae'n edrych arna i, cyn ystyried yn ofalus beth mae'n mynd i'w ddweud nesaf.

"Gwranda, wnei di wneud ffafr fach â mi? Mae rhywun wedi cysylltu ar y dudalen Geriach Gwerthfawr ar Facebook i ddangos diddordeb yn ein piano ni ac maen nhw am ddod draw i'w nôl hi heddiw."

Mae ei llygaid yn amneidio at yr ystafell ffrynt lle mae'r piano. "Mi fydd gennon ni le wedyn i ddod ag organ fach Nain draw yma, yn bydd, yr un mae hi wedi ei gadael i Elin yn ei hewyllys. Ac mae Dad am hurio fan i'w chludo yma o Morfa."

Mae fy nghalon yn dechrau curo'n nerfus. Dwi'n gwybod be mae hi'n mynd i'w ofyn nesa.

"Fasat ti'n fodlon piciad draw i Morfa i ofyn i Morlais pryd fasa'n gyfleus i Dad ddod draw efo'r fan i nôl yr organ, Heli?" gofynna'n reit bethma, heb allu edrych arna i. Does yna ddal fawr o Gymraeg rhwng Mam ac Yncl Morlais ers y diwrnod hwnnw pan ddarllenwyd ewyllys Nain ym mharlwr Morfa. Felly does ryfedd ei bod hi'n gofyn i mi fynd draw yno i holi ac yn trefnu bod Dad yn mynd yno i nôl yr organ efo fan. Mae'n golygu nad oes yn rhaid iddi hi ei wynebu ei hun.

Dwi'n trio oedi i roi amser i mi fy hun feddwl am reswm i'w roi iddi pam *na* alla i fynd draw i Morfa ac yn dechrau adrodd penillion 'Y Pren ar y Bryn' yn fy mhen. O wneud hyn droeon, dwi'n gwybod ei bod yn cymryd union 47 eiliad i mi fynd o'r pren ar y bryn i'r wy yn y nyth a dwi'n amcangyfri y dylai hynny roi digon o amser i mi greu esgus call. Ar yr un pryd, dwi'n sbio i fyny ar gloc y gegin ac yn gweld fod y digidau yn dweud 6 munud wedi 9. A fedra i ddim ateb Mam un ffordd neu'r llall tan fydd hi'n 09.07.

"Be ti'n ddeud? Ac mi fydd yn gyfle i chdi weld Tangaroa eto, yn bydd?"

*OMamBach! OMamBach! OMamBach!*

09:06:47

"Heli, ti'n gwrando arna i?" mewn llais dechrau colli'i limpin.

Ar hynny daw sŵn goriad yn troi yn y drws ffrynt a dwi'n gallu gweld cysgod sgarlad sgrybs Dad drwy'r gwydr patrymog. Diolch byth!

"Fa'ma dach chi'ch dwy?" gwena wrth gloi y drws gan drio cuddio ei syndod fod Mam ar ei thraed mor gynnar.

Ac yn edrych mor dlws. Mae hi'n codi ac yn mynd at y wyrctop.

"Coffi? A dwi wedi cadw crempogau i chdi hefyd mewn ffoil yn y popty?" cynigia Mam iddo.

"Diolch," gwena Dad yn ôl yn dila heb fod yn siŵr sut i ymateb.

"Sôn oeddwn i wrth Heli rŵan am yr hyn roeddan ni wedi'i drafod ynghylch hurio fan a mynd i nôl yr organ fach o Morfa," medda Mam.

"O ia." Mae llais Dad yn flinedig ar ôl bod ar ei draed drwy'r nos yn Adran Ddamweiniau ac Achosion Brys yr ysbyty. Daw chwa o awel drwy'r drws gan oglais fy ngwar, fel roedd Dad yn arfer ei wneud i mi pan oeddwn i'n blentyn, a dwi'n cynhesu drwydda i. Mae mor braf gweld Mam mewn hwyliau da a hitha a Dad yn fodlon eistedd i gael coffi efo'i gilydd dros frecwast, petai o ond yn ymgais i roi sioe fach i mi. Mae popeth yn teimlo'n iawn. Ac mae'n amlwg i mi fod fy ymgais i guddio a chael gwared o unrhyw arlliw o'r adar anlwcus o'r tŷ wedi gweithio ac wedi dod â dipyn o lwc dda i'r teulu.

"Ocê, mi af i draw bora 'ma i ofyn i Yncl Morlais pryd fyddai'n iawn i chi ddod draw i bigo'r organ fach i fyny efo'r fan, Dad," cadarnhaf, gan gymryd y cyfuniad yma o amodau perffaith y bora fel argoel dda.

"Grêt," gwena Mam, a gwawr o ryddhad ar ei hwyneb. "Diolch i chdi, Heli. Ond does yna ddim brys, gorffenna di dy grempoga'n gynta."

Dwi'n astudio fy adlewyrchiad yn y drych heb allu penderfynu os ydw i am adael fy ngwallt i lawr neu am ei roi i fyny mewn cynffon ceffyl dynn. Rhyw hen wallt dim-byd-i-sôn-amdano sydd gen i, yn syth a thenau ac yn ddim byd tebyg i wallt Mam. Weithia mi fydd yna fymryn o'i lliw orengoch hi yn ymwthio drwy ambell flewyn pan fydd yr haul yn ei ddal fel mae'n ei wneud bora 'ma a chreu prism enfys gwan yng nghornel y gwydr. Dwi'n gwisgo siorts a fest denau gan ei bod yn argoeli i fod yn chwilboeth eto heddiw a bydd gofyn i mi drio goddef teimlad gludiog yr eli haul ar fy nghroen.

Dwi'n edrych allan o ffenast fy llofft i gyfeiriad Morfa, dau arhosfan bws, tri pholyn lamp stryd, un blwch post (yr un y mae'n rhaid i mi ei gusanu), un drws capel sydd wedi ei ddatgorffori ac sydd bellach yn dŷ ha', hefyd o'r enw Morfa, a 721 o graciau yn y palmant i ffwrdd oddi wrtha i. Dwi'n gwybod fod y daith yno yn mynd i fod yn hirach na'r arfer heddiw i ganiatáu i mi wneud fy nefodau gan fy mod i'n teimlo mor nerfus ynghylch gweld Tangaroa.

Mae Twm wedi cael digon yn aros amdana i ac yn neidio oddi ar y sìl ffenast gan gyrlio ei gorff drwy gil y drws a'm cymell i'w ddilyn i lawr am y bwthyn bach gwyngalchog, a dwi'n ei ddilyn yn ufudd.

Wrth i mi agor giât Morfa i groeso arogl cryf y lafant sy'n ferw gwyllt wrth gysgod y clawdd gan nad oes neb wedi'i docio ers i Nain farw, daw Yncl Morlais i geg y drws agored. Mae'n cario cabinet ochr gwely Nain, yr un yr arferai osod ei sbectol ddarllen arno ar ben ei llyfr wedi i ni gael stori, a ble y cadwai y potyn bach ar gyfer ei ddannedd gosod. Doeddwn i ddim i fod i wybod mai dyna lle roedd yn eu cadw nhw ond mi wnaeth y Bwgan-Beth-Os orfodi i mi ei agor un dydd a buodd bron i mi gyfogi.

"O helô, Heli, chdi sy 'na," gwena'n siriol gan geisio cael y dodrefn drwy'r bwlch bychan isel a gwyro rhag taro ei ben ar gapan y drws. "Mae Tangaroa yn y cefn, cer i mewn ato."

Sleifia Twm i mewn yn larts rhwng ei goesau a diflannu i'r parlwr. Dw inna'n cofio'n sydyn bwrpas fy ymweliad ac yn gofyn iddo pryd fyddai'n gyfleus i Dad ddod draw efo'r fan i bigo'r organ fach i fyny. Mae Yncl Morlais yn rhoi'r dodrefn i lawr ac yn llafnu ei law dros ei ben moel.

"Iawn siŵr, dim problem, duda wrth dy fam y gwna i ei ffo–" Mae'n stopio ar ganol brawddeg ac yn ailystyried. "Be os ddudwn ni pnawn fory? Gofynna i dy dad decstio i drefnu amser. Iawn?"

Iawn efo fi. Mae'n ailgodi'r cabinet gwely bach ac yn ei gario tuag at y sied. Dwi'n camu allan o wres llethol y bora i oerni'r bwthyn morwrol ac yn edrych i lawr y pasej cul, tywyll sy'n arwain at ddrws y parlwr. Dwi'n llyfnu bochau'r cerrig oer gyda fy llaw cyn dechrau cerdded am y parlwr a rhyw deimlad fel torri ias mewn dŵr llyn yn cynrhoni drwydda i.

Mae Tangaroa ar ei gwrcwd ar y llawr yn aildrefnu cynnwys y tanc gwydr, unwaith eto. Mae Twm wedi mynd i eistedd ar y sìl ffenast ac yn edrych allan am y môr. Mae'r ystafell yn edrych dipyn gwacach, heblaw am yr organ fach. Ond mae popeth dal yn ddigon cyfarwydd ac yn dal i deimlo fel tŷ Nain.

Dydi o ddim yn codi ei ben ond mae'n fy nghyfarch.

"*Kia ora.*"

Dwi'n penderfynu mai'r peth gora i mi ei wneud ydi mynd i gwrcwd wrth ei ymyl. Mae wedi tynnu y ddau forfarch allan ac wedi eu rhoi nhw ar y llawr ar y carped gwyrdd. Dwi'n synnu pa mor fach ydyn nhw. A sych. A pherffaith ar yr un pryd. Efalla mai'r perffeithrwydd yma roedd Taid am ei ail-greu yn ei danc gwydr hyll? A bod hudoliaeth y ddawns garwriaethol rhwng y ddau forfarch yn ei atgoffa ohono ei hun yn troelli Nain ifanc, dlos hyd loriau farneisiedig y neuaddau dawns pan arferai'r llongau ddocio yn y dre. Dwi'n cofio Nain a Taid yn sôn wrth Elin a finna am y dawnsfeydd yma a dangos y stepiau i ni hyd lawr y parlwr a'u cariad yn waltsio yn eu llygaid. Ai dyma ymdrech Taid i ddal ei afael ar yr ymdeimlad hwnnw wrth iddo synhwyro fod petha'n llithro oddi wrtho?

Mae Tangaroa yn rhoi'r morfeirch yn ôl yn y tanc gwydr a'u hangori gynffon wrth gynffon yn sownd wrth ddarn o gwrel gwiail.

"Doedd Nain ddim yn licio'r tanc chwaith," dywedaf. "Ond yn ei ddiodda rhag brifo teimladau Taid."

Mae Tangaroa fel petai o wedi dod i'r casgliad yma eisoes. Mae'n codi'r tanc yn ôl i'w briod le ar ben y seidbord. Mae'n troi ei gefn arno ac yn dechrau cerdded drwy'r drws heb edrych arna i.

"*Haramai ki taku taha.* Ty'd efo fi."

Mae o'n gleidio fel ysbryd i lawr y pasej bach tywyll ac yn diflannu i mewn i lofft Nain. Dwi'n oedi rhag ei ddilyn. Dim ond drwy wahoddiad y byddai unrhyw un yn cael mynd i mewn ac ni fyddai'r drws fyth yn agored. Dwi'n llithro fy mys yn araf dros y cerrig boliog unwaith eto ac yn teimlo fy nhraed yn dechrau siffrwd symud oddi tana i wrth i fy chwilfrydedd gael y gora ohona i.

Mae ystafell Nain fel cragen wag. Eto'n llawn ohoni. Mae'r gwely mawr wedi ei symud i ganol y llawr a'i hedbord derw fel hwyl enfawr ynghanol môr coch y carped. Dwi'n cofio teimlo'r defnydd meddal yn suddo rhwng fy modiau wrth i mi sleifio i mewn i'r gwely ati o'r ystafell sbâr gan esgus fy mod i ddim yn gallu cysgu. Yna'n ffeindio fy ffordd o dan yr haenau nionod o flancedi i'w hymyl a hitha'n ei rholers a heb ei dannedd gosod. Ac wedyn gorwedd yno, ni'n dwy, yn gwrando ar y tonnau yn torri ar y traeth tu allan ar y nosweithia myglyd hynny ganol ha' pan oedd y ffenast yn agored. Dro arall, pan fyddwn yn aros yma ganol gaea mi fydden ni'n dwy'n gorwedd yn y gwely ac yn gwrando ar y priciau yn clecian yn y grât wrth i'r tân farwydo ac i gysgodion bysedd oren a melyn y fflamau greu siapiau ar y nenfwd.

Weithia byddai Nain yn syrthio i gysgu o 'mlaen i, a byddwn i'n syllu draw at y wardrob fawr antîc gyferbyn â'r gwely a'r patrwm troellog ar y drysau fel aeliau yn plethu. A finna byth yn siŵr os oeddan nhw'n codi mewn syndod neu'n plygu mewn gwg.

Mae un o ddrysau'r wardrob yn agored, a dwi'n sylwi am y tro cyntaf ar y panel yn y cefn yr arferwn ei deimlo pan fyddwn yn chwarae cuddio efo Taid a mynd i mewn i orwedd o dan y ffrogiau a'r siwtiau fyddai'n cosi fy nghorun. Mae'r dillad hynny i gyd bellach wedi eu rhoi mewn bagiau a'u gosod wrth odrau'r cyrtans melfed coch trwchus, yn gwlwm ar y gorffennol.

"Dwi isio dangos rhywbeth i ti." Mae Tangaroa yn eistedd ar erchwyn y gwely a'r gist ledr frown wrth ei ymyl. Y gist arferai fod ar ben yr hen wardrob. Y gist roeddwn i ac Elin wedi ein siarsio ers yn blant i beidio *fyth* â'i chyffwrdd na'i hagor heb ganiatâd Nain. Hon oedd cist Twm Siôn Jac, y morwr a oedd wedi hwylio rownd y byd ac wedi gweld rhyfeddodau lu. Ac ar brynhawniau Sadwrn gwlyb pan fyddai Nain yn ein gwarchod a phan oedd Taid wedi symud i'r cartref henoed, mi fyddai Nain yn ein gwahodd i'w hystafell wely ac yn tynnu'r gist i lawr o ben y wardrob a gadael i ni dyrchu drwyddi a rhyfeddu at drysorau ei chynnwys.

Roedd Nain wrth ei bodd yn adrodd straeon di-ri am fordeithiau dyn o'r enw Twm Siôn Jac o gwmpas y byd a sôn am y lleoedd ecsotig y buodd o'n docio ynddyn nhw a'r bobl ddiddorol y daeth ar eu traws. Ac Elin a finna a'n traed yn danglian dros ymyl y gwely mawr yn edrych allan ar y môr tymhestlog llwyd wrth wrando arni, ac yn cymryd yn ganiataol mai am Taid roedd hi'n sôn. A ni'n tair wedyn yn dechrau bloeddio canu:

> "Hwyaden oedd y capten
> O'r enw Twm Siôn Jac,
> A phan symudai'r llong drwy'r dŵr
> Fe ganai 'Cwac, cwac, cwac!'"

A rholio ar y gwely mawr yn chwerthin llond ein bolia.

Dwi'n synhwyro anesmwythdod Tangaroa a'i nerfusrwydd wrth i'w lygaid fy annog i ddod yn nes ato. Mae am ddangos rhywbeth i mi. Dwi'n cerdded yn araf ansicr at y gwely ac yn eistedd wrth ei ymyl. Mae yntau wedyn yn dechrau ymbalfalu yn leinin blodeuog caead y gist ac yn dod o hyd i hollt sydd fel petai wedi ei dorri'n fwriadol gyda chyllell boced. Mae'n rhoi ei fysedd drwy'r toriad ac yn tynnu amlen fawr sydd wedi melynu allan ac yn ei rhoi i mi.

"*Ka mua, ka muri,*" sibryda gan edrych i fyw fy llygaid.

Rhaid edrych yn ôl cyn symud ymlaen.

# Cath ddu, lwc i mi?

"Mae'n iawn iddi gael gwybod, Siân!"

"Fy lle *i* oedd deud wrthi hi, Deio. Nid dy le di. Ac yn sicr nid yr *hogyn* yna!"

Mae Mam a Dad yng ngyddfa'i gilydd eto heno a dwi wedi cau fy hun yn fy ystafell wely efo Twm, allan o'u ffordd. Ond dwi'n dal yn gallu clywed pob gair yn glir o'r gegin oddi tana i.

"Be ydi'r iws ... does 'na'm posib cael sgwrs gall efo chdi wedi mynd!"

A dyna glep ddisgwyliedig y drws wrth i Dad ddianc i'w waith. Yna gwich drws y ffrij a chlencian gwydrau wrth i Mam estyn am y botel win i anweddu ei gofidiau. Ar hynny, mae drws fy llofft yn hedfan ar agor led y pen a daw Elin i mewn wedi ei gwisgo o'i chorun i'w sawdl mewn du yn barod i fynd allan.

"Nais won, *saddo*. Yli be ti a Tango wedi ei wneud!" bratha. "O wel, pob lwc heno. Mi fydd Mam yn gocyls a dwi'n mynd ddigon pell o'r *nut house* 'ma!"

Dwi'n teimlo dagrau gwylltineb yn llenwi pocedi fy llygaid ac yn hyrddio fy hun at y drws a'i gau'n ei hwyneb. Dyna ffordd Elin o ddelio efo bob dim. Edliw a beio pawb arall a gwrthod wynebu'r gwirionedd.

*Dostarast. Dostarast. Dostarast.*

Dwi'n chwilio'n wyllt o gwmpas fy ystafell am rywbeth

i'w roi yn erbyn y drws gan fy mod yn gwybod bod Elin yn llygad ei lle. Bydd Mam yn siŵr o ffeindio'i ffordd i fyny'r grisiau ymhen dipyn, "ithio thiarad", a mwy na thebyg yn dweud llawer mwy nag ydw i isio ei glywed. Dwi'n llusgo'r cwpwrdd bach erchwyn gwely at y drws a'i sodro'n sownd o dan y bwlyn. Wrth wneud hynny mae'r llun wnes i ei fframio ar fy mhen-blwydd yn wyth oed sy'n dangos Elin a finna'n cofleidio'n gariadus ar y traeth yn sir Benfro yn syrthio'n fflat ac yn pwnio fy nrych colur crwn ar y llawr pren. Ac mae gwydr y drych yn torri'n deilchion.

*Saithmlyneddoanlwc! Saithmlyneddoanlwc! Saithmlyneddoanlwc!*

Dwi'n teimlo glafoer cyfog yn codi i fy ngheg ac yn rhedeg at y ffenast agored a gwthio 'mhen allan a llarpio llond ysgyfaint o awyr iach. Wrth bwyso dros y sìl dwi'n llwyddo i binsio blaen pawennau Twm druan sy'n gorwedd ar y sìl. Yn ei syndod mae'n llamu ar ei draed ac yn llithro drwy'r ffenast a glanio'n dwt ar y to bach ac yna'n sgrialu neidio dros y toeau a'r waliau, yn ddigon pell o fy ngolwg i, gan fy ngadael ar fy mhen fy hun bach. Eto.

Mae'r Bwgan-Beth-Os wedi ei ddeffro ac wedi ei gythruddo. Mae'n taranu arna i gyflawni rhestr hir o ddefodau dibwrpas i niwtraleiddio'r anlwc a ddaw fel arall o ganlyniad i dorri'r drych colur. Ond does gen i ddim gronyn o egni i'w wasanaethu. Yn hytrach dwi'n gorwedd ar y gwely, yn diffodd y golau ac yn syllu'n ddiymadferth ar y nenfwd gan ildio i'w lid.

Ac yn dychmygu ei hwyneb deunaw oed wrth iddi gerdded yn chwithig i lawr eil capel Morfa; ei chalon fach yn curo fel gordd, ei phen i lawr, a'i thu mewn yn brifo cymaint â gwadnau ei thraed sydd wedi eu clampio mewn esgidiau sgleiniog sydd sawl maint yn rhy fach iddi. Mae'n ymwybodol fod botymau ei chôt ora yn gwasgu cau am ei bol chwyddedig sy'n destun cymaint o gywilydd a gwarth i'r rhai a ŵyr ei chyfrinach.

"Ond pam oedd yn *rhaid* iddi roi y babi bach i ffwrdd?" Dwi'n sbio ar wyneb Dad bron fel taswn i'n erfyn arno i ddad-wneud y gorffennol.

Mae yntau'n oedi, fel sy'n arferol i oedolion ei wneud pan nad ydyn nhw cweit yn gallu dod o hyd i'r geiriau iawn, cyn gafael yn dyner yn fy llaw.

"Dyna oedd yn digwydd ers talwm, sti, os oedd rhywun yn cael babi a hwytha heb briodi. Fel arfer, mi fasa'r babi bach yn cael ei fabwysiadu."

"A be am Nain? Be oedd hi isio?"

Ac mae Dad yn cael trafferth meddwl am ateb.

"Fasa'r peth ddim wedi digwydd heddiw," sibryda a'i ben yn isel.

Mi ddywedodd wrtha i sut y gwnaeth Nain syrthio mewn cariad efo morwr oedd wedi docio yn y dre am sbel, ond y buodd rhaid iddo hwylio i ffwrdd wedyn. Roedd ganddi hiraeth mawr amdano ac wedyn mi ffeindiodd ei bod yn disgwyl. A buodd rhaid i Nain gario a chuddio ei baich hyd nes y rhoddodd enedigaeth i hogyn bach, 9 pwys, efo mop o wallt melyn.

Dyna oedd yng nghynnwys yr amlen felen roddodd Tangaroa i mi oedd wedi ei chuddio yn hollt caead y gist ar ben wardrob Nain am yr holl flynyddoedd. Cyrlen felen feddal o ben babi bach. A thystysgrif geni. Un darn o bapur oedd yn siarad cyfrolau.

Boy: Morlais Wyn, 9lb
Born to Mwynwen Siân Evans.

Father Unknown.
Placed for adoption.

Yn yr un amlen felen hefyd roedd ei thystysgrif
briodas i Taid a'u llun priodas a thystysgrif geni Mam,
eu merch, a'r un llun ag sydd ar y silff ben tân; Taid yn ei
siwt forwrol yn dal Mam yn ei freichiau a hitha ond yn
rhyw ddwy oed ac yn gwisgo ffrog wen a'i gwallt wedi ei
glymu gan ddau ruban fel pilipala bob ochr i'w phen.

O, Taid annwyl.

Y fo a'i 'felan'.

Ai fo achubodd Nain?

Neu ai *hi* a'i hachubodd *o*?

Mae'r cwpwrdd bach yn dechrau dirgrynu wrth i fwlyn
y drws wichian-droi. Daw sŵn curo ysgafn, ymddiheurol
ar y drws.

"Heli, ga i ddod i mewn, pwt?"

Dwi'n gwybod sut siâp fydd ar Mam erbyn hyn a
dydw i ddim isio siarad, felly dwi'n trio ei chau hi allan
yn feddyliol.

> *Dacw Mam yn dŵad ar ben y gamfa wen,*
> *Rhywbeth yn ei ffedog a phiser ar ei phen,*
> *Y fuwch yn y beudy yn brefu am y llo ...*

Mi aiff i ffwrdd erbyn y trydydd pennill. Mi fydd
yn derbyn yr hint. Daw ochenaid drist o dderbyn o du
draw i bren y drws. Ac yna sŵn clic drws ei hystafell
wely hitha yn cau yn dawel. O, Mam druan! Mae
'nghalon i'n gwaedu drosti a hitha, ar ben bob dim, yn
gorfod delio efo ysbrydion a chyfrinachau ddoe wedi
dychwelyd i aflonyddu arni. Mae'n amlwg rŵan pam ei
bod yn ymddwyn fel ag y mae hi tuag at Yncl Morlais,

ei hanner brawd, sydd wrthi'n gwagio eu gorffennol o gartref eu mam.

Y peth nesa a wn ydi fy mod i'n cael fy neffro gan haul y bora yn trochi fy wyneb. Mae ffenast fy llofft wedi bod yn gilagored drwy'r nos ac mae'r awel yn fflyrtian efo'r cyrtans sydd wedi eu hanner cau. Dwi wedi fy nghyrlio fel ffoetws yng ngwaelod y gwely, yn dal yn fy nillad, heb unrhyw gynfas drosta i. Mae fy llaw i'n brifo a dwi'n sylwi ei bod wedi ei lapio yn un o fy festiau sy'n staeniau gwaed i gyd. Dwi'n datod y fest yn araf ac yn gwingo gan fod darn o'r defnydd cotwm wedi glynu at yr hollt ar draws cledr fy llaw. A dwi'n cofio wedyn sut y bues i'n trio clirio a chodi darnau'r drych colur a dorrodd ar y llawr wrth i mi greu blocâd i atal Mam rhag dod i mewn i fy llofft yn feddw neithiwr. A sut y gwnaeth un o'r darnau dorri fy llaw a dechrau ar fy saith mlynedd o anlwc.

Mae'r briw wedi dechrau diferu eto, a dwi'n rhoi fflich i fy nghoesau dros ymyl y gwely ac anelu am yr ystafell folchi i redeg yr hollt o dan y tap a rhoi brwsh iawn i fy nannedd gan fod fy ngheg fel cesail camel.

Wrth gerdded heibio'r ffenast dwi'n taflu fy nghip arferol dros doeau'r tai tuag at gyfeiriad Morfa: dau arhosfan bws, tri pholyn lamp stryd, un blwch post (yr un y mae'n rhaid i mi ei gusanu), un drws capel sydd wedi ei ddatgorffori, hefyd o'r enw Morfa, a 721 o graciau yn y palmant i ffwrdd o stepan drws ein tŷ ni. Mae'r haul yn taro ar y *lean-to* bach sydd ar ochr dde'r tŷ ac sy'n llawn o focsys a hen stwff Nain erbyn hyn wedi i Yncl Morlais fod yn brysur yn eu clirio.

Mae'r stryd yn weddol dawel oddi tana i heblaw am sŵn nadu pell y lorri ailgylchu sy'n cropian i lawr yr allt o'r stadau ar ben y bryn, allan o'r golwg. Ond wrth droi am y drws mae fy llygad yn dal rhywbeth wrth y trydydd polyn trydan, bron gyferbyn â drws hen gapel Morfa sydd erbyn hyn yn dŷ ha' moethus.

Mae yna rywbeth du, tebyg i fag bin plastig yn cofleidio ymyl y pafin. Dwi'n rhwbio fy llygaid i drio craffu'n fanylach ac yn ymwybodol bod signalau o banig yn dechrau ffrydio drwy fy ngwythiennau. Mae yna symffoni o synhwyrau yn dechrau fy meddiannu wrth i drwyn y lorri ailgylchu ymddangos rownd y gornel, a'r dynion yn eu siacedi oren yn cerdded bob ochr iddi fel dynion troed cerbyd Sinderela. Dwi'n taflu'r cwpwrdd erchwyn gwely i'r naill ochr ac yn rhuthro i lawr y grisiau gan frasgamu dros ambell ris. Dwi'n rhuthro i mewn i'r gegin ac yn sganio'r llawr lle mae powlenni dŵr a bwyd Twm heb eu cyffwrdd.

"Dach chi wedi gweld Twm bora 'ma?!" bloeddiaf yn orffwyll.

Dydi Mam ddim yn cael cyfle i ateb a dydi Elin ddim hyd yn oed yn codi ei phen o'i ffôn. Dwi'n rhuthro allan i'r stryd gan adael y drws ffrynt yn llydan agored.

Mae'r lorri ailgylchu erbyn hyd wedi stopio rhyw ganllath i lawr y ffordd ac mae un o'r dynion yn plygu i gael golwg fanylach ar y 'bag bin' ar y llawr. Wrth i mi agosáu, a'r poer yn llosgi blas sur yng nghefn fy ngwddw, daw'n amlwg i mi beth sydd yno.

"Stop!" gwaeddaf gan chwifio fy mreichia i ddenu sylw'r dynion.

Erbyn i mi gyrraedd mae un ohonyn nhw wedi codi y corff llonydd yn ei freichiau.

"Dy gath di ydi hi, cyw?" hola gan wyro ei ben yn chwithig. "Ro'n i jest yn ei symud i ben y pafin rhag ofn i'r lorri fynd ..."

Mae'n atal ei hun rhag mynd i fwy o fanylder ac yn dal i sefyll yno'n llo llŵath, yn dal corff Twm, heb fod yn siŵr iawn lle i roi ei hun. Mae'r lorri yn gollwng ochenaid ddiamynedd o'i chrombil ac mae un o'r dynion eraill yn rhoi ei ben rownd ei thin ac yn amneidio ar ei gyd-weithwyr.

"C'laen Gaz ..."

Dwi'n canfod fy hun yn rhoi fy mreichiau allan fel elor i dderbyn y corff. Mae'r hollt ar gledr fy llaw wedi dechrau gwaedu eto ac mae dafnau o waed yn diferu ar y tarmac sych a thros fy nhraed noeth.

"Dwi mor sori ia," sibryda Gaz cyn troi ar ei sawdl a dilyn y lorri sy'n symud fel hers i lawr y ffordd tuag at gyfeiriad Morfa.

Mae Twm yn drwm ac yn stiff fel procar yn fy mreichiau. Mae ei lygaid yn llydan agored a'i dafod yn sticio allan. Fel arall does yna ddim marc arno.

# Whānau

"Mae o efo Nain rŵan . . ."

Mae Mam wedi bod yn siarad am 21 munud a 37 eiliad. Roedd hi'n glên ar y dechrau, yn famol ac yn annwyl, er ei bod hi'n siarad efo fi fel taswn i'n blentyn saith oed. Ond dwi'n synhwyro erbyn hyn ei bod hi wedi colli mynadd ac yn llythrennol yn siarad efo'r wal gan fy mod i'n gorwedd â'm cefn ati ar fy ngwely. Yn syllu ar y sìl ffenast wag lle'r arferai Twm druan edrych allan ar y byd. Mae hi'n taro cip ar fy nghloc bach digidol wrth y gwely. Dwi'n gwybod ei fod yn dweud 18:43 gan fy mod wedi bod yn cyfri'r eiliadau yn fy mhen ers iddi ddod i mewn ata i am 18:21. Mae'n *gwin o'r gloch*, felly mae'n gwneud esgus fod arni angen mynd lawr i dynnu'r dillad oddi ar y lein.

Mae Dad wedi bod yn grêt. Mi ddaeth i fyny i'r llofft i siarad efo fi am awr gyfan, deuddeg munud a 45 eiliad y bora 'ma cyn mynd i'w waith. Roedd o'n gallu gweld arwyddion y frwydr feddyliol oedd yn mynd mlaen yn fy mhen. Ac roedd am i mi wybod fod y petha yma yn digwydd heb fod gennon ni unrhyw reolaeth drostyn nhw.

Dyna

    ydi

        bywyd.

Mae Dad yn fy adnabod mor dda dwi'n ofni weithia ei fod o'n gallu darllen fy meddwl. A'i fod o'n *gwybod* cymaint o anghenfil ydw i a bod gen i'r pŵer arallfydol yma i ewyllysio i betha ofnadwy ddigwydd. Tybed ai trio bod yn neis mae o gan mai dyna be mae rhieni i *fod* i'w wneud? A fynta ar yr un pryd yn gwybod yn iawn mai fi ydi'r rheswm bod:

Nain wedi marw.

> Twm wedi marw.

> Am fy mod i'n dair ar ddeg oed.

>> Mam yn hitio'r botal.

>> Am i mi dorri'r drych a denu mwy
>> o anlwc ar y teulu.

Ac mae petha, wrth gwrs, yn digwydd mewn trioedd. Felly mae'n *hollol* amlwg fod yna rywun arall am farw hefyd. Ac mae'n *rhaid* i mi stopio hynny rhag digwydd.

Mae Dad wedi bod yn fy helpu i feddwl ble allwn ni gladdu Twm. Mae Mam wedi rhoi ei throed i lawr a mynnu fod yn rhaid i ni symud y corff o'r sied cyn iddo ddechrau drewi a chynrhoni yn y gwres. Mae gennon ni tan bora fory i wneud hynny neu mi fydd *hi* yn sortio petha. Dydw i ddim yn saff be'n union mae hynny yn ei olygu ond fedra i ddim ei ddychmygu yn rhoi claddedigaeth urddasol i Twm, rhywsut. Mae hi'n fwy tebygol o daflu ei gorff i'r bin wîli i'w waredu. Felly, doedd gen i ddim dewis ond dechrau brwydr feddyliol yn fy mhen efo'r Bwgan-Beth-Os sy'n gwneud i mi feddwl am bob math o amheuon a rhwystrau.

"Pam na sgwenni di'r opsiynau i gyd lawr, cyw?" awgrymodd Dad. "Fel ddudodd Dr Gwynne wrtha chdi am wneud. Falla bydd gweld dy feddyliau ar bapur yn help i chdi allu eu prosesu nhw?"

# Ble i gladdu Twm?

<u>Dilema 1</u>: Ei gladdu yng ngardd ein tŷ ni?

Ond dydi hyn ddim yn teimlo'n iawn rhywsut gan mai:

§ nid dyma ydi ei gartra
§ dydi gardd tŷ ni ddim mor neis ag un Morfa
§ dan ni'n rhy agos i ble gafodd o ei ladd
§ fydd o ddim efo Nain yn yr ysbryd

<u>Dilema 2</u>: Claddu Twm o dan y goeden rosod ym Morfa ble roedd o wrth ei fodd yn gorweddian a chysgodi yn yr ha'.

Ond be os fasa pwy bynnag fydd yn byw ym mwthyn Nain yn penderfynu aildrefnu'r ardd a chloddio'r goeden rosod i fyny a dod o hyd i'w esgyrn a'u taflu i ffwrdd?

<u>Dilema 3</u>: Cael fy arestio am godi corff o ardd Morfa

Beth os faswn i'n difaru fy enaid cymaint ac yn gorfod codi ganol nos i gloddio corff Twm i fyny a chael fy nal gan y bobl newydd fyddai'n byw ym Morfa a hwytha'n ffonio'r heddlu am i mi

dresmasu a thrio dwyn corff o'u gardd
nhw, a finna'n gorfod mynd i'r carchar i
bobl ifanc?

Mi ddangosais i fy llyfr sgribyls i Dad, ac mi ddarllen-
odd y cynnwys yn araf ac yn ystyriol. Ddywedodd o ddim
byd wedyn am rai eiliadau, dim ond suddo ei ben rhyw
3.21 o gentimetrau yn is na'i ên. Mi roedd o'n edrych wedi
blino. Fel tasai pwysa'r byd ar ei ysgwyddau. Ond roedd
ei lygaid yn dal i allu gwenu'n garedig.

"Gna di be sy'n teimlo'n iawn i chdi, pwt," sibrydodd.
"A gad ti Mam i mi."

§

Dwi'n dod o hyd i Tangaroa ar y traeth yn casglu'r plastig,
y cawell cimychiaid yn glamp ar ei gefn. Dwi'n tynnu fy
sandalau ac yn dechrau ei ddilyn drwy'r twyni gan bigo
bag creision i fyny ar y ffordd i'w stwffio drwy ddrws y
cawell. Dyna fy ffordd o roi gwybod iddo fy mod i yno, yn
ei ddilyn, er ei fod yn gwybod hynny'n barod. Y tro hwn
mae'n stopio ac yn rhoi'r cawell i lawr ar y tywod ac yn
troi i sbio arna i, gan syllu i fyw fy enaid.

*"Kei te pehea koe?"*

Mae sŵn ei lais yn fy meirioli, er nad ydw i'n deall gair.

"Sori ... am Twm."

Dwi'n gwyro fy mhen a thrio cwffio'r dagrau.

*"Haere."* Mae'n estyn ei law i mi. "Ty'd."

Mae amser fel petai'n stopio'n stond a dwi'n clywed
dim ond sŵn y tonnau yn siffrwd eu hanogaeth wrth
drochi'r traeth. Dydw i ddim yn siŵr sut i ymateb i'r
gwahoddiad ond yn penderfynu llithro fy llaw i gledr

ei law yntau. Mae ei gyffyrddiad yn anfon pinnau bach drwydda i. Ac yn araf fel petalau blodyn yn cau ar ddiwedd dydd mae ein dwylo yn ildio i'w gilydd. Dwi'n arnofio a dydw i ddim am iddo fy ngollwng. Ac wrth i ni gerdded ar hyd y traeth dwi'n dechrau dweud wrtho am fy nilema o ran claddu Twm.

"Draw fan'na, y *paerangi*."

Mae'n pwyntio at y gorwel sy'n hollti'r awyr orengoch a llonyddwch llwydlas y môr. Mae fy nghalon yn suddo a dwi'n teimlo fy hun yn cochi mewn embaras wrth i mi gymryd nad ydi o wedi bod yn gwrando ar air dwi wedi bod yn ei ddweud. A fy mod wedi ei ddiflasu, neu ei ddrysu'n llwyr.

"Dyna Ranginui, duw y nefoedd, yn estyn ei freichiau am Papatūānuku, y fam ddaear, i dderbyn yr un sydd wedi marw," medda fo. Heb droi i edrych arno dwi'n gwybod bod ei lygaid yn bell; yn teimlo ei hiraeth. Dwi'n mentro gwasgu ei law yn dynnach.

"Mae'n bwysig i'r Maori bod y corff yn mynd yn ôl at ei deulu. Ei *whānau*. A rhaid cael *tangihanga*, seremoni arbennig, er mwyn cael gwared ar yr holl deimladau trist. Ac yna galw ar yr ysbrydion i ddod i nôl y corff i'w gario i'r byd arall at y rhai oedd fwyaf annwyl iddo."

Dwi'n syllu ar y gorwel ac yn gwybod be sydd yn rhaid i mi ei wneud.

§

Dwi'n sefyll yn y fynwent efo Twm yn fy mreichiau mewn potyn Vanish pinc a gwyn. Fi a Dad a gwlith y bora. Dydi gweddill y byd heb ddeffro eto ac roedd Dad yn mynnu ein bod yn dod yma'n syth ar ôl iddo orffen ei shifft nos.

Er, dwi'n amau fod yna fwy iddi na hynny, yn enwedig o'r ffordd mae'n edrych yn amheus o'i gwmpas i weld os oes rhywun arall yn y fynwent.

Does yna neb. Dim ond ni'n dau a Twm mewn potyn, yn hofran uwch bedd Nain sydd wedi ei nodi efo croes fechan bren a'i henw hi arni. Pentwr o bridd fel tasan ni wedi bod wrthi'n gorchuddio'i chorff hi ar y traeth efo tywod, a dwi'n hanner disgwyl i'w thraed hi sticio allan unrhyw funud a dweud pi-po. Mae Dad yn dweud fod y garreg fedd wrthi'n cael ei chreu mewn rhyw weithdy yn rhywle, ac nad ydi hi'n bosib ei gosod am sbel, tan fydd y pridd wedi setlo. Mae yna flodau wedi gwywo hefyd wrth y groes a nodyn bach yn llawysgrifen Mam a'r inc wedi wylo dros ei geiriau:

'Eich caru am byth, Mam, Siân eich unig ferch xxx'

Roedd Mam yn gwrthod dod efo ni heddiw. Mae hi'n dal yn flin efo Dad am 'roi mewn i fy lol' a gwario lot fawr o bres ar 'grimeitio corff cath!' Dydi hi heb siarad efo fo ers iddo ddod yn ôl o'r lle fet efo Twm, dim ond bygwth tollti'r llwch i lawr y toiled. Dwi'n meddwl mai dyna pam wnaeth Dad drosglwyddo'r llwch i'r pot Vanish a'i roi o i mi i'w 'gadw'n saff' nes ei fod o wedi gweithio allan beth i'w wneud am y gora.

"Rho fo i lawr 'ta, pwt," anoga Dad, gan ddal i edrych yn nerfus o'i gwmpas.

Dwi'n styfnigo ac mae Llais y Bwgan-Beth-Os yn dechrau gweiddi yn fy mhen.

*Beth Os* bydd rhywun yn dwyn y potyn?

*Beth Os* bydd storm yn chwythu'r potyn plastig ysgafn i ffwrdd?

*Beth Os* daw Mam yma yn slei bach a mynd ag o adra a thollti llwch Twm i lawr y toiled?

"Heli, plis, jest rho y potyn ar y bedd i ni gal mynd cyn i ryw ..."

Ond mae ei lais yn cael ei foddi yn fy mhen gan gôr y wig yn canu yn y coed yw sy'n ein hamgylchynu. Dyma seremoni y *tangihanga* a'r adar yn talu teyrnged i Twm, yr ymadawedig.

*Whānau. Whānau. Whānau.*

Mae galwad y meirw o'r ochr draw yn cryfhau. Yn cau amdana i. Mae *angen* dychwelyd y corff at y rhai sy'n annwyl iddo. Dyna ddywedodd Tangaroa.

"Na, Heli!" Mae yna banig yn llais Dad wrth i mi agor caead y bocs plastig rhad. "*Fedri* di ddim gwneud hynna ..."

Ond mae Llais y Bwgan-Beth-Os yn fy meddiannu. Yn fy ngorchfygu. A dwi'n taenu llwch Twm dros y domen bridd, yn gwrlid gwasgarog dros bengliniau Nain.

Dydi Dad heb ddweud gair o'i ben wrth i ni deithio adra yn y car, y potyn Vanish gwag ar fy nglin, er fy mod yn gallu gweld mymryn o weddillion Twm ar y gwaelod fel taeniad o bupur brown. Dydw i ddim yn siŵr be sy'n mynd drwy ei feddwl o, a gwell peidio â gofyn. Dydw i ddim isio gwybod, yn enwedig gan nad ydw i'n glir be sy'n mynd drwy fy meddwl fy hun. Ond mae fy nghydwybod yn dawel. Ac mae'r Bwgan-Beth-Os wedi cilio am y tro, sy'n profi, i mi, fy mod wedi gwneud y peth iawn.

Mae'r car yn rhoi jolt bach ar y dreif ac mae sŵn yr injan yn stopio. Mae Dad yn cymryd ochenaid fach cyn troi tuag ata i a gwenu drwy ei flinder gan estyn draw i wasgu fy llaw. Mae'r ddau ohonan ni'n cerdded i mewn i'r tŷ heb ddweud bw na be, ac yn mynd yn syth i fyny'r grisiau, er bod y ddau ohonan ni yn gwybod fod Mam yn eistedd yn y gegin, wrth yr ynys, ar ei phen ei hun, yn mwytho ei mỳg. Dwi'n oedi ar y trydydd gris ac yn ystyried a ddyliwn i fynd i mewn ati. Mae wyneb Iesu Grist yn y paent yn syllu 'nôl arna i, ei wep yn hir, a does gen i ddim egni ar ôl i drafod ac i esbonio fy hun i neb. Dim hyd yn oed Iesu Grist. Dwi jest isio mynd i fy llofft a chau'r drws a diflannu o dan y dŵfe.

Wrth gerdded ar draws y landin dwi'n sylwi bod drws llofft Elin yn agored. Mae hi'n gorwedd ar ei bol ar ei gwely gan gicio ei choesau pleth yn yr awyr fel môr-forwyn ar y creigiau. Mae hi'n syllu ar ei ffôn a dwi'n gallu clywed sŵn y fideo yn glir. Dwi'n adnabod y lleisiau; rhai Elin, Jas a Josh. Mae'n swnio fel eu bod nhw mewn car. Dwi'n sefyll yn y drws yn gwybod y gall hi droi rownd unrhyw funud ond mae fy chwilfrydedd yn fy annog i fentro symud yn nes y tu ôl iddi i mi allu cael golwg fanylach ar y fideo. Mae'n oedi'r fideo cyn ei ailchwarae eto a dwi'n gallu gweld mai hi sy'n dal y ffôn yng nghefn y car gan sganio o un wyneb i'r llall, a phawb yn tynnu stumiau a'r gyrrwr yn gweiddi'n aflafar cyn refio'r sbardun efo'i droed. Mae'n nos ac mae goleuadau'r stryd yn gwibio heibio a'r gerddoriaeth yn dyrnu'n orffwyll tu mewn i'r car. Ac yna mae rhywun yn sgrechian. Mae yna glec wrth i rywbeth daro yn erbyn y ffenast flaen a chael ei daflu ar draws y bonet.

Sgrech arall!

"Ti newydd ladd ffycing cath, Josh!"

Ac mae'r fideo'n gorffen.

Mae bys Elin yn hofran uwch y bin sbwriel bach ar gornel y sgrin ac mae'n ei bwyso.

*Delete.*

# Craig y Forwyn

O dan y dŵr mae'r byd yn dawel.

Llonydd.

Di-lais.

Diofyn.

Dwi'n teimlo'r dyfnder yn lapio amdana i gan fy amddiffyn rhag y trobwll o emosiynau sy'n fy moddi, hyd ymyl bodoli. Y brifo-hyd-udo. Dro arall, y gynddaredd sy'n gwneud i mi ddychmygu clampio pen Elin rhwng fy nghlunia, fel roeddwn i'n arfer ei wneud pan oeddan ni'n blant, ar yr ychydig droeon hynny pan fyddwn i'n cael y llaw ucha ar fy chwaer fawr. Cydio'n dynn mewn tocyn o'i gwallt yn dannau hyd-dynnu-gwaed rhwng fy mysedd a dal ei phen dan y dŵr nes ei bod yn gwingo fel pysgodyn ar dir sych. Yn llarpio am ei hanadl. Nes i'w chorff ddechrau llonyddu. Ac i'r swigod stopio.

Fi oedd y gora bob tro am allu dal fy ngwynt o dan y dŵr, er mai Elin oedd y nofwraig oedd wedi ennill y bathod-ynnau i gyd. Ac yma y byddan ni i gyd yn dod fel teulu ar y nosweithiau hirfelyn hynny, a Nain efo ni. I fae cyfrin Craig y Forwyn pan fyddai'r ymwelwyr wedi mynd adra a'r bobl leol yn sleifio allan o'r cysgodion i ailhawlio eu cilfachau. Does dim modd cyrraedd y bae gyda char ac mae'n rhaid cerdded dros y twyni a thros grib y penrhyn o'r prif draeth ac yna i lawr llwybr serth a chul i lawr i'r traeth.

Mi fyddai Elin a finna'n arfer cael cystadleuaeth pwy fyddai'n gallu dod o hyd i'r trysorau gora o wely'r môr i fynd â nhw'n anrhegion i'r fôr-forwyn i'w gosod ar ei chraig. Cregyn gleision, cregyn pinc, cerrig llyfnion o bob lliw a darnau o froc môr o amrywiol siapiau. Mi fyddwn i'n gallu dal fy anadl am un funud a 51 eiliad ac agor fy llygaid led y pen a gweld yn glir yr holl gyfoeth oedd i'w gynnig o dan y tonnau. Mi fyddwn i wedyn yn gallu nofio'r tri chan metr o dan y dŵr at y graig, heb orfod codi i'r wyneb dim ond cwpl o weithia, cyn cyrraedd a'u gosod ar wyneb llysnafeddog y graig. Prin fyddai trysorau Elin gan y byddai hi wedi gorfod codi o'r dyfnder a nofio gweddill y daith ar yr wyneb. Ond mi fyddan ni ein dwy wedyn yn gorwedd ar y graig gan godi llaw ar Mam a Dad a Nain, ac yn sgwrsio a chwerthin wrth greu ein straeon am y fôr-forwyn a fyddai'n dod ganol nos i hawlio ei hoffrymau.

O fan hyn dwi'n gallu gweld fy mhentwr o ddillad fel twmpath twrch daear ar y tywod. Yn rhyfedd iawn does yna neb arall yn y bae heno. Dim ond y fi a'r haul yn rhaeadru o fy nghwmpas. Dwi'n gwyro fy mhen i orwedd ar glustog y dŵr a gadael i'r tonnau lepian fy nghlustiau'n chwareus a byddaru'r byd. Dwi'n cau fy llygaid a theimlo'r haul yn gynnes ar fy amrannau nes i fflach o arian fy ngorfodi i'w hagor unwaith eto. Mae'r pelydrau'n pefrio ar arian fy swynfreichled ar fy arddwrn. Doeddwn i ddim am ei gadael gyda fy nillad ar y traeth rhag ofn i rywun ei dwyn. Does wybod pwy sydd o gwmpas, neu 'pwy a ddaw rownd y gornel', fel y byddai Nain yn ei ddweud bob amser wrth gadw llygad barcud am y 'fisutors'.

Mae'r disgleirdeb o'r freichled yn gwneud i mi sgwintio. Dwi'n pinsio fy nhrwyn ac yn troelli fy nghorff fel morlo a phenio o dan y dŵr, gan foddi pob arlliw o bopeth sy'n gyfarwydd ac yn anghyfarwydd i mi.

Wrth i mi blymio yn is ac yn is mae'r newid tymheredd yn teimlo fel pinnau bach ar hyd fy nghorff. Dwi'n nofio mewn swigen amniotig saff, a synau'r byd wedi eu tawelu. Mae'r cerrynt yn cosi ei fysedd o amgylch fy fferau, cyn eu gollwng a gadael i mi droelli fel top yn fy unfan. Mae'r morwellt oddi tanaf fel gwallt môr-forwyn yn tonni wrth iddi hitha anelu am ei chraig, sy'n bresenoldeb llwydlas yn y pellter. Mae yna ambell sglefren fôr yn nofio'n ddiog heibio i mi a sgadan ifanc yng ngwarchodfa ei haig. Ac ambell stribed o blastig gwyn fel silidoniaid silicon yn cyhwfan ac yn rhyw harddu-hagru y cynfas di-ben-draw.

Mae blas hallt yn dechrau hidlo rhwng fy ngwefusau sy'n arwydd fod angen i mi godi at wyneb y dŵr i gael fy ngwynt. Dwi'n dechrau cicio fy nhraed, a phlygu fy mhen am yn ôl gan graffu drwy'r sgarff sidan glaswyrdd, tryloyw, i fyny am y golau. A daw'n amlwg i mi nad ydw i ar ben fy hun.

§

*Mae yna ennyd o swildod yn swilio o'n cwmpas wrth i ni gwrdd uwch wyneb y dŵr. Ac yna'r cytundeb tawel y dylai'r ddawns ddechrau. Rydym yn crymu ein gwarrau a phlygu ein pennau yn araf osgeiddig cyn ymestyn ein gyddfau noeth. Dy fwng tywyll yn tonni o gwmpas dy ysgwyddau a'r diferion hallt yn glafoerio drostynt.*

*Mae'r holl liwiau yn galeidosgop hardd o'n cwmpas ac mae ein sfferau ninnau yn newid i dderbyn gwrid y machlud ac adlewyrchiad araul y dŵr oddi tanom ar ein crwyn.*

*Rwyt yn troi dy olygon tuag at Graig y Forwyn ac yn fy*

*nghymell i edrych yr un ffordd. I rannu'r olygfa. I gytuno ar ein cyrchfan. Dechreuwn symud mewn cytgord i'r un cyfeiriad, gan ddowcio i fyny ac i lawr ar y tonnau fel ceffylau carwsél. Bob hyn a hyn mae ein cyrff yn cyffwrdd, yn cyd-daro yn ddamweiniol. A'r gwahoddiad yn gwefru.*

*Mae gwely'r môr yn ein galw ac mi ildiwn a dechrau ar ein dawns droellog o dan y dŵr. Cylchwn ac mae ein llygaid agored yn cwrdd cyn i ni eto grymu ein pennau yn swil. Nesawn a symud gefn wrth gefn gan ymestyn ein dwylo a phadellu grym y dŵr sy'n gwthio yn ein herbyn. Mae ein dwylo yn cwrdd drwy rym cinetig, yn cyffwrdd ac yn creu cwrwgl ein cyrff. Mae ein coesau yn ymblethu ac rydym yn troelli yn nes at wely'r môr ble mae'r cerrynt yn cryfhau ac yn ein cario yn gyflymach, gefn wrth gefn, tuag at y graig, fel un.*

*Mae fy mhen yn nofio. Mae'r glas yn fy amgylchynu. Dwi'n symud i rywle. Dydw i ddim yn siŵr i ble. Dwi'n rhydd o gyffion y Llais yn fy mhen. O wg golygon. O feirniadaeth gyson. Dwi mewn dwylo saff rhag yr holl beryglon, yr holl rwystrau, y llygredd, er ei fod yno, yn nofio yn foleciwlau cudd o'n cwmpas.*

*Ymroi i'r foment. Anghofio am fy mreuder. Teimlo fy nghryfder.*

*Yna. Gwelaf y gragen binc yn galw o waelod y môr, rhai metrau islaw. Offrwm i'r fôr-forwyn? Alla i ddim cyrraedd y graig yn waglaw. Mae'r Llais yn dechrau galw. Yn cryfhau. Mae'n rhaid cwblhau'r gorchwyl.*

*Plymia. Plymia. Plymia …*

*Rwyt ti'n gyndyn i ollwng gafael. Yn gweld y perygl? Ond dwi'n torri'n rhydd. Mae fy ysgyfaint yn chwyddo a'm clustiau yn byrstio gan bwysau'r dŵr. Credaf yn fy ngallu i wthio fy ffiniau. Rwyt ti yn fy llenwi gyda hyder newydd i ollwng gafael a phlymio am y gragen.*

*Daliaf fy anadl hyd ymyl llewygu ...*

*Dwi'n agor fy llygaid ac yn syllu ar awyr binc. Am eiliad, does gen i ddim syniad ble'r ydw i nes i mi deimlo gwely'r graig yn galed o dan fy nghefn. Gwelaf un llaw yn llipa wrth fy ymyl ac mae'r llall yn gafael yn dynn yn rhywbeth. Cragen binc. Mae fy ysgyfaint yn teimlo'n drwm ac yn dal i frifo wrth i mi drio cymryd anadl.*

*Dwi'n dy deimlo wrth fy ymyl. Rwyt fel petaet yn aros i mi wneud y symudiad cyntaf. A dwi'n trio codi fy hun i fyny yn ara'. Rwyt ti'n gwneud yr un peth yn union ar yr un pryd. Dwi'n codi ar fy mhengliniau ac yn teimlo pluen yr awel yn taenu'n chwareus hyd fy meingefn. Mae'r môr yn llyfn a'r traeth yn wag yn y pellter.*

*Mae ein llygaid yn cwrdd ac mae fy rhai i yn gwyro o gywilydd. Mae dy wyneb yn agosáu. Dy lygaid yn syllu'n ddwfn i fy enaid. A dwi'n teimlo blaen dy drwyn yn oer ar fy un i. Mae dy dalcen hefyd yn fy nghyffwrdd a dy anadl yn gynnes felys dros fy wyneb.*

*Anadl einioes.*

*Yr hongi hardd.*

*Kei kōnei au.*

*Dyma fi.*

§

Rydan ni'n gorwedd ar y graig wrth ochr ein gilydd am amser hir. Yn atgyfnerthu. Yn trwsio. Yn ail-lenwi ein hysgyfaint gydag anadl. Yn paratoi i nofio yn ôl am y bae sydd erbyn hyn wedi ei lyncu gan y llanw. Mae'r haul wedi diflannu a'r lleuad yn trochi'r tonnau. Yn ffrydio ei olau yn llwybr llaeth i'n harwain yn ôl at y lan. Er bod fy nghorff yn llipa mae'r ddau ohonan ni'n sefyll ar y graig yn barod i blymio, fy llygaid yn esgus-edrych am fforch cynffon y fôr-forwyn i'n hebrwng. Ac rydan ni'n deifio o dan y dŵr sy'n gynnes wedi haul y dydd ac yn nofio yn araf ochr yn ochr yn ôl am y traeth.

Dwi'n cyrraedd fy nhomen o ddillad ac yn lapio fy nhywel amdana i ac yn dechrau cerdded tuag at y grisiau carreg sy'n arwain o'r traeth. Mae Tangaroa wedi dechrau dringo o fy mlaen, y lleuad yn sgleinio ar y diferion ar ei ysgwyddau gwrywaidd. Wrth agosáu at y prif draeth clywaf drybowndian miwsig yn dod o gar yn y maes parcio a sŵn chwerthin ac arogl melys y mwg drwg yn wafftio tuag atom ar yr awel. Gwelaf amlinell cyrff Elin a Josh yn snogio wrth bwyso ar y bonet.

Dydan ni ddim yn dweud gair wrth ddringo i fyny'r lôn droellog o'r traeth, a dwi'n dal yn ôl ychydig fetrau y tu ôl iddo rhag gorfod dweud dim.

"Wela i di fory?" mentraf ofyn wrth i ni gyrraedd giât Morfa.

Mae Tangaroa yn gwenu ac mae yna deimlad cynnes o ryddhad yn chwyrlïo yn fy mol. Fel teimlo breichiau Nain yn cau amdana i. Dwi'n estyn am y swynfreichled ar fy arddwrn i'w theimlo.

Ac yn sylwi nad ydi hi yno.

# Ar goll

Dwi'n clywed sŵn crio, heb sylwi mai fy llais i ydi o. Dwi'n dilyn bodiau traed mewn fflip-fflops rhad heb adnabod fy nghamau fy hun. Darnau o gnawd pinc yn symud i gyfeiriad y gwyll, heb allu teimlo sicrwydd y llawr oddi tanynt. Mae'r ffordd o fy mlaen yn niwlog, yn anwastad ac yn llawn craciau. A finna'n sefyll arnyn nhw'n fwriadol. Un. Ar. Ôl. Y. Llall.

Camu

   Ar

     Y

        Craciau

Herio Llais y Bwgan-Beth-Os.

*Beneidi? Beneidi? Beneidi?*

Mae'r niwed eisoes wedi ei wneud. A darn ohona i ar goll.

Daw sgrech brêcs car o ryw arallfyd a'i oleuadau blaen yn fy fferru fel cwningen yn eu gwg.

"Watch where you're going, luv, you're in the middle of the road!"

*Sbiadilletinmyndtaycwd. Sbiadilletinmyndtaycwd. Sbiadilletinmyndtaycwd.*

Rhywsut dwi'n llwyddo i gyrraedd adra mewn un darn a'r cyfog yn sur yn fy nghorn gwddw wrth i mi droi'r goriad yn y drws. Cael a chael ydi hi i mi gyrraedd y tŷ bach mewn pryd a bedyddio'r cafn yn rhyw liw oren a phinc, fel dyfrlliw machlud yn diferu.

"Paid byth â llyncu dŵr y môr. Mi wnaiff yr halen chdi'n swp sâl."

"Iawn, 'na i ddim ... a Nain ..."

"Be sy, 'mechan i?"

"Dwi mor sori."

Colli'r swynfreichled sydd wedi troi'n stumog. Anrheg Nain i mi ar fy mhen-blwydd yn dair ar ddeg oed.

*Anlwcusirai. Anlwcusirai. Anlwcusirai.*

"Gwisga hi ddydd a nos ac mi wnaiff ofalu amdanat."

Dyna oedd rhai o'i geiriau ola. A rŵan mae'r llinyn bogail arian oedd rhyngom wedi ei dorri go iawn a'r tlysau bach oedd yn crogi arni ... y gath fach ... y nodau ... y llong ... y gragen ... y galon fach arian ... a'r morfarch i gyd yn hongian ar arddwrn esgyrnog y fôr-forwyn dwyllodrus. Tybed ai hi a'n hudodd ni i'w chraig? Ai hi gyflyrodd y cerrynt i ddatod y bwcl? A yw hi'r funud yma yn eistedd ar y graig yng ngolau'r lloer arian gan wisgo'r swynfreichled a chanu ei phêr-gân i hudo unrhyw un a'i clyw i'w dranc? Ai dyma'r pris i'w dalu am ymgolli ynddo fo? Tybed a fu'r ddau, Tangaroa a'r fôr-forwyn, yn cynllwynio yn fy erbyn o'r dechrau'n deg?

Mae fy meddyliau afresymol yn cadarnhau pa mor fregus ydw i. A does gen i ddim llai nag ofn be ddaw nesa. Y cyfan fedra i ei wneud ydi gwneud fy nefodau i amddiffyn fy hun ac atal rhywbeth ofnadwy arall rhag digwydd.

Dwi'n datgloi drws yr ystafell folchi a llamu i fy llofft. Ac yn cymryd ochenaid ddofn.

"Heli, chdi sy 'na?"

Daw llais Mam o waelod y grisiau. Dwi'n gallu deud o'i thôn ymbilgar ei bod hi fy angen.

"Ddo i yna rŵan, Mam. Rho ddau funud i mi ..." atebaf gan symud y cwpwrdd erchwyn gwely yn erbyn y drws i'w hatal rhag dod i mewn a styrbio rwtîn fy nefodau.

Mae'n *rhaid* i mi eu gwneud a hynny cyn i Mam ddringo'r grisiau, er mwyn i mi allu niwtraleiddio'r anlwc a ddaw o golli'r swynfreichled. Dwi'n amcangyfrif yn fy mhen sawl eiliad sydd gen i. Ugain eiliad i Mam sylwi nad ydw i am ddod lawr a bod yn well iddi hi ddod ata i, er mor simsan ei chyflwr. Mae yna 16 gris a bydd yn cymryd dwy eiliad iddi ddringo pob gris cyn bydd hi'n eistedd ar dop y grisiau i feddwl eto am hanner munud, yna codi a chymryd deg eiliad arall i gyrraedd drws fy llofft. Felly mae gen i 92 eiliad i gyd, ychydig dros funud a hanner i gyflawni bob dim.

Dwi'n cyffwrdd â phob cornel llun sydd yn yr ystafell deirgwaith. Mae gen i saith llun i gyd. Dwi'n neidio i fyny ar y gwely naw o weithia. Dwi'n edrych arna i fy hun yn y drych ac yn galw enwau ar honno sy'n edrych yn ôl arna i, *Heli Jôs, honco bost*. 72 o weithia!

Dwi allan o wynt ac yn chwys domen dail ac mae Mam eisoes wedi cyrraedd y drws ac yn ei guro'n ysgafn.

"Heli, gad fi fewn, dwi isio siarad ..."
*Heli Jôs, honco bost*. Rhif 57.

Mae'r drws yn dechrau ysgwyd wrth i Mam roi hergwd i'r bwlyn.

"Heli, ti wrthi eto? Yn gneud dy hen lol wirion ..." Mae yna watwar yn ei thôn. Dwi wedi anghofio taflu fy nghoban at y nenfwd bum gwaith a dwi'n ymbalfalu dan fy nghlustog amdani gan gadw llygad ar y drws yr un pryd.

"Agora'r drws 'ma'r munud yma!"
Tybiaf ei bod yn defnyddio bonyn ei hysgwydd i bwnio yn erbyn y pren, ac ar y gair mae ei chorff yn

syrthio ar ei hyd i mewn i'r ystafell fel sach o datws a'r goban a'i llun haerllug o Minnie Mouse sydd ar fynwes y cotwm yn glanio'n amdo llwyd dros ei hwyneb. Dwi'n ffieiddio at yr olygfa grotésg sy'n ymestyn o fy mlaen ac sy'n bychanu pob modfedd o gnawdoliaeth Mam druan. A'r cyfan dwi isio ei wneud ydi troi i ffwrdd a gwrthod wynebu. Mae hi'n stryffaglan yn sigledig i godi ar ei thraed ac yn ymestyn am bren y gwely i dynnu ei hun i fyny a ddim cweit yn ei amseru ac yn syrthio'n fflat ar ei hwyneb eto. Dwi jest yn sefyll yna fatha llo cors ac mae amser fel petai'n rhewi. Dydi fy nhair blynedd ar ddeg o fodolaeth ddim yn gwybod be i'w wneud nesa.

"Mam, ti'n olréit?" mentraf heb symud, er bod pob gewyn ohona i isio ei hachub hi.

*Sbiasiâparniwirdduw. Sbiasiâparniwirdduw. Sbiasiâp-arniwirdduw.*

"Helpa fi fyny, cyw?" sibryda a'i hysbryd a'i hurddas yn rhacs. A dwi'n cloddio fy mraich o dan ei chesail a'i chodi yn araf ar ei thraed a'i harwain i eistedd ar fy ngwely. Mae'n plymio ei phen at ei phengliniau ac yn dweud dim am amser hir. Cyn ei godi'n araf a throi i sbio arna i, ei llygaid clwyfedig yn nadroedd bach coch i gyd.

"Lle ti 'di bod, Heli?" cwyna, gan siglo ei phen. "Dwi ddim yn gwbod lle mae'r un ohonoch chi dyddia yma. Does 'na neb yn deud dim byd wrtha i 'di mynd. Neb isio bod efo fi."

Mae'n cwpanu ei phen yn ei dwylo ac yn tewi. Mae hi wedi bod drwy'r felin yn ddiweddar ac mae'r ffaith fod Yncl Morlais a Tangaroa wedi dod yma i Gymru wedi corddi pob math o emosiynau a chodi bwganod o'i gorffennol. Tybed faint oedd hi yn ei wybod, neu ddim yn ei wybod? Tybed faint o'r gwir gafodd hi gan Nain a faint gafodd ei gelu?

Mae un hanner o fy ymennydd yn dweud wrtha i ei bod hi angen cysur. Coflaid. Cariad. A bod angen i mi chwarae bod yn fam, fel roeddwn i'n arfer ei wneud ers talwm efo Elin, a hitha wastad yn camu i sgidia Dad. Mae rhan arall ohona i yn ymwrthod â hyn ac yn ei chasáu am orfodi y fath newid rôl rhyngom. Dwi isio rhoi slap sobreiddiol iddi a dweud wrthi am beidio â bod mor hunanol a hunandosturiol. Am iddi fod yn gryfach. Peidio ildio. Bod yn fam i mi unwaith eto a rhoi ei breichiau amdana i a dweud wrtha *i* y bydd bob dim yn iawn.

Dwi'n mynd i eistedd wrth ei hymyl ac mae'n ymollwng i mewn i mi ac yn rhoi ei phen o dan fy ngên, fel ci bach ar goll. Mae hi'n drewi. Yn gymysgedd o ogla cemegol y gwin, ogla stêl rôlis a'r sent drud ogla blodau gwylltion mae Dad wedi bod yn ei brynu iddi ers iddyn nhw ddechrau canlyn. Dwi'n hofran fy llaw uwch ei phen gan ystyried mwytho ei gwallt. Ond mae gen i ofn fy emosiynau fy hun a be ddaw drosta i os gwna i hynny.

*Deudo. Deudo. Deudo.*

"Es i i nofio," crybwyllaf yn reit ffwrdd-â-hi.

Mae'r Bwgan-Beth-Os yn bloeddio. Os na wnei di o, mi fydd petha ganwaith gwaeth arnat ti. Ac arni hi. A dwi'n ildio ac yn ynganu'r farwol, "I Graig y Forwyn."

Ac fel y disgwyliwn daw ton o hiraeth fel tswnami am yr hafau hapus teuluol hynny i'n trochi ni ein dwy. Mae Mam yn datod ei hun o fy nghoflaid ac yn gwyro yn ôl i orwedd ar ei hochr ar fy ngwely gan gyrlio ei hun yn fach a'i chefn tuag ata i. A dwi'n ei chlywed yn gwagio ei chalon yn dawel i mewn i'r glustog.

Dwi'n tynnu fy sgidiau ac yn teimlo'r tywod yn dal i lynu rhwng bodiau fy nhraed a rhwng fy ewinedd.

Rhyw deimlad annifyr, budur, angen sgrwb iawn. Mae fy ngwallt yn gudynnau tywodlyd a blas yr heli'n dal ar fy nghroen. Ond bydd rhaid i'r gawod aros tan y bora.

Hi yw fy mam. Fy *whānau*.

*Ko te whaea te takere o te waka.*

Y fam yw cynhaliaeth y canŵ a chalon pob teulu.

Dwi'n crymanu fy hun o'i chwmpas gan daflu fy mraich dros ei chlun esgyrnog a chwilio am ei llaw. Wrth daro fy mraich dros ei chorff dwi'n sylwi ar fy arddwrn gwag ac yn brathu fy ngwefus a chymryd anadl ddofn wrth sylwi faint mae'r galar o golli Nain wedi ein meddiannu ni ein dwy yn ddiweddar. Mae llaw Mam yn damp gan ddagrau a sych trwyn, a'i bysedd yn falch o ganfod fy rhai i ac yn eu gwasgu. A dwi'n clywed llais Nain yn suoganu ein hoff gân ni'n dwy,

*O, Mam wnaeth gôt i mi*
*O ddarn o'r awyr fry, pan oedd hi'n ganol nos.*

Dwi'n dechrau canu'n dawel yn ei chlust ac mae hitha'n ymateb. Ac mi rydan ni'n gorwedd yna wedi'n lapio'n dynn, dynn yn ein gilydd ac yn canu desgant i dawelu'n hofnau ymhell i'r nos.

# Dyddiau da

"Bore da, cyw." Daw Mam i mewn fel gwennol yn gleidio dan fondo. Mae'n cerdded draw i dynnu'r llenni ac mae llif yr haul yn cipio ochr ei hwyneb a'i gwallt coch sy'n tonni dros ei hysgwyddau. Mae'n gwisgo ffrog laes las ac yn ogleuo o sent Dad, fel tusw o flodau gwylltion.

Dwi'n cywilyddio wrth feddwl am yr olygfa ohoni neithiwr ac yn dechrau amau fy mod wedi dychmygu'r cyfan. Ond mae crater ei chorff yn dal ar ei hochr hi o'r fatras er bod y gynfas yn oer, gan awgrymu ei bod wedi cripian allan rai oriau yn ôl.

"Ti'n cofio fod gennon ni sesiwn efo Dr Gwynne bora 'ma'n dwyt?" medda hi, gan wenu a heb gymryd arni. "Mi rydan ni i gyd yn dod efo chdi tro 'ma."

"Ond Mam ...?"

"Ty'd rŵan, pwt, cawod sydyn, gwisga ac wedyn lawr i gael brecwast. Sgennon ni ddim llawer o amser."

Ac allan â hi, fel pilipala yn dianc drwy ffenast.

§

Gwastraff amser llwyr oedd y sesiwn therapi a does neb yn dweud dim yn y car ar y daith yn ôl i'r tŷ. Mae Elin a finna'n y cefn yn syllu drwy'n ffenestri. Ac mae Mam yn gwneud yr un peth yn y sedd flaen. Pawb a'u pennau wedi'u troi, yn syllu ar ruthr lliwiau y strydoedd a'r caeau yn troi yn un slwtsh blêr. Heblaw am Dad sy'n ein symud ymlaen. Er, synnwn i ddim ei fod yntau yn ysu i daro bonyn y gêr i rifýrs a mynd â ni i gyd yn ôl i'r dyddiau hynny pan oeddan ni'n arfer bod yn deulu bach normal.

*Doeddannhwnddyddiauda. Doeddannhwnddyddiauda. Doeddannhwnddyddiauda.*

"Dros ben!"

Mae'r Llais yn fy ngorfodi i weiddi'r geiriau uwch rhygnu diflas yr injan i lenwi gwagle cyfyng y car, a hefyd er mwyn ein hachub ni i gyd rhag y ddamwain angheuol a fyddai'n siŵr o ddigwydd os *na* fyddwn i'n ufuddhau.

"Cau dy ffycing geg, Heli!"

"Elin!" cerydda Dad, gan wgu i'r drych, ond mewn llais digon tawel i awgrymu ei fod wedi rhagweld hyn.

"Ti'm yn gall!"

"Dyna ddigon, Elin!" Mae o'n gadarnach ei dôn y tro yma. Ond mae llygaid Elin yn fflachio wrth iddi golli ei phwyll a phob hunanreolaeth.

"Chdi a blydi Tango ... hel rybish a chanwdlian yn y môr, codi cwilydd ar rywun. Ma' pawb yn siarad amdanach chi."

"Plis stopia, Elin ..." Ymbil tawel gan Mam y tro yma.

"Yli be ti 'di neud i bawb ohonan ni," parha Elin i hefru gan edrych arna i fel tasa hi am fy lladd. "Dy fai di ydi hyn i gyd!"

Ac mae hi yn llygad ei lle. Fy mai i nad ydan ni bellach yn deulu bach hapus, cytûn. A'n bod ni i gyd yn treulio mwy o amser yn trio meddwl sut i osgoi ein gilydd a'r holl betha neis roeddan ni'n arfer eu gwneud fel teulu ers talwm. Mae hitha, fel pawb ohonan ni, yn hiraethu am y dyddiau hynny, y rhai y meiddiodd Dr Gwynne ein llusgo ni i gyd yn ôl iddyn nhw yn ystod y sesiwn therapi hunllefus. Chwarae mig efo'n hemosiynau. Cyn chwalu'n byd ni i gyd unwaith eto pan ddaeth ein hawr i ben. Fel rhoi pìn mewn balŵn.

*Gwynne eu byd y rhai pur o galon,*
*Canys hwy a welant Dduw.*

Roeddan ni i gyd yn gyndyn i rannu ar y dechrau. Ddim yn gweld pwynt y cwestiwn. Teimlo'n swil a chwithig yng nghwmni ein gilydd. Neb wedi arfer siarad. Dim ond cuddio.

"Ewch â fi i'ch lle hapusaf," holodd Dr Gwynne gan adael i amwyster y cwestiwn dreiglo rhwng waliau moel a *beige* yr ystafell fel mwg sigaréts nad oedd neb am ei amsugno.

Dad welodd y rheidrwydd i gymryd yr awenau. Gwneud y peth iawn.

"Mi faswn i'n deud bae Craig y Forwyn. Ein lle bach ni fel teulu," gwena Dad a dechrau hel atgofion am adeiladu cestyll tywod efo ni, ein tywys i'r creigiau i hel crancod a thaflu gwymon am ei ben a chuddio i godi ofn arnon ni wrth smalio codi o'r tonnau fel bwystfil y môr. A daw cysgod gwên dros wyneb Mam. Tybed ydi hi'n cofio'r tro y gwnaeth o ei chodi o'r flanced bicnic a'i chario yn ei freichiau a'i thaflu i mewn i'r môr? Ac Elin a Nain a finna'n sbecian arnyn nhw'n fflyrtian, fel dau gariad, yn llawn yfory.

Nid yn annisgwyl mae Mam yn mynd â ni yn ôl i Morfa ac yn ymgolli yn ei phlentyndod hapus yno. Pan oedd bywyd yn ddim ond y hi, Nain a Taid. Ac er yn gyndyn, mae Elin yn cyfeirio at fwynhau canu efo Nain ac ennill gwobrau mewn eisteddfodau.

Dim ond rhyw hanner gwrando ar yr atebion roeddwn

i gan fy mod yn poeni cymaint am beth y dyliwn i ei ddweud pan ddeuai fy nhro i, er mwyn trio plesio pawb a brifo neb. Er fy mod yn ysu i allu trafod y dyddiau hapus hynny pan oedd bywyd yn syml a phan nad oedd Llais y Bwgan-Beth-Os yn fy mhlagio bob dydd. Fy myd bach saith mlwydd oed yn gwrando ar lais Nain yn adrodd stori o erchwyn y gwely ac ogla tatws pum munud ar frat sgwarog, a lafant a heli'r môr yn ffrydio i'm ffroenau ac yn fy suo i gysgu yn ei mynwes ar noson ludiog o ha'.

"A be amdanat ti, Heli?" hola Dr Gwynne.

Dwi'n fferru'n fy unfan. Fedra i ddim dod o hyd i'r geiriau. Er fy mod inna'n daer isio mynd â phawb yn ôl i'r hafau hyfryd yna hefyd pan oedd pawb yn fy nerbyn i am bwy oeddwn i a neb yn teimlo'r angen i fy llusgo i sefyllfaoedd fel hyn i drio fy newid.

"Mwynhau ar y traeth hefyd," sibrydaf, heb godi fy mhen. "A bod efo Nain."

Dydi Dr Gwynne ddim yn dweud dim am sbel wedyn. Fel petai am roi amser i ni gnoi cil ar yr hyn oedd wedi cael ei rannu. Ond dwi'n sbecian arno drwy baneli fy ffrinj ac yn ei weld yn troi tudalennau fy nyddiadur ac yn syllu ar fy sgribyls sinistr. Mae ei lygaid yn ddifynegiant wrth weld y llun o'r fôr-forwyn â'r gyllell yn tyllu ei chefn a'r diferion gwaed yn hidlo o'i cheg.

Dydi o'n dal yn dweud dim nes ei bod yn amser iddo godi ei ben o dudalennau fy nyddiadur i edrych ar y cloc a thorri ar densiwn yr ystafell.

"Dyna ni, mae gen i ofn fod ein sesiwn deuluol ni ar ben. Diolch i chi i gyd am ddod ac mi wna i anfon adroddiad yn y man," medda fo gan wenu drwy ei ddannedd cam ar Dad, codi ar ei draed a'n hysio at y drws, yn barod i dderbyn ei gleient nesa.

Mae sŵn ein sodlau fel cnul hyd y coridor clinigol yn adlais o artaith yr awr rydan ni newydd ei threulio efo'n gilydd, i gyd o'm hachos i. Ac wrth i ni gerdded yn ôl am y car a chychwyn ar y daith adra does yna neb yn meiddio agor eu cegau, nes i'r Bwgan-Beth-Os fy ngorfodi i ddweud yr hyn wnes i ac agor y llifddorau ar gynddaredd Elin.

*Doeddannhwnddyddiaudadrosben.*

Dwi'n crio dagrau sych yn ddwfn y tu mewn i mi ac yn goferu o gywilydd. A chyn i Dad gael cyfle i dynnu'r handbrêc, mae Elin wedi slamio'i drws ac yn martsio i lawr y ffordd gan badio negeseuon ar ei ffôn. Amdana i, siŵr o fod.

"Elin, lle ti'n mynd? Pryd fyddi di'n ôl?" gwaedda Mam fel dafad yn brefu ar ei hoen.

Dwi'n cael yr ysfa i drio achub y sefyllfa ac yn rhedeg ar ei hôl.

"Elin. Stopia ... wna i drio egluro," erfyniaf arni.

Mae'n troi rownd ac yn rhoi'r bys canol i mi.

"Gad fi fod, iawn. Dwi wedi cael digon ohonach chdi. Jyst dos o 'ngolwg i!"

Dwi'n treulio gweddill y pnawn yn fy llofft yn gwneud fy nefodau. A does yna neb yn trio fy atal. Mae Mam wedi mynd i'w gwely, Dad i'w waith ac Elin at ei ffrindiau. Ac wedi oriau di-stop o gyffwrdd corneli, ac ailadrodd llinellau yn fy mhen, dwi'n teimlo fel cadach llawr. Dwi'n symud i eistedd ar y sìl ffenast lydan ac yn edrych allan dros y dre a'i chysgodion yn swatio yn haul diwedd y prynhawn. Dwi'n disgwyl gweld cynffon Twm Siôn Jac yn symud fel antena rhwng y biniau wîli ar ei daith drwy'r strydoedd cefn i lawr i Morfa. Y bwthyn bach morwrol, dau arhosfan bws, tri pholyn lamp stryd, un blwch post (yr un y mae'n rhaid i mi ei gusanu), un drws capel sydd wedi ei ddatgorffori ac sydd bellach yn dŷ ha', hefyd o'r enw Morfa, a 721 o graciau yn y palmant i ffwrdd o stepan drws ein tŷ ni. O, am gael dianc yno rŵan a chrio yng nghesail ogla-cwcio Nain a theimlo gwres cynnes corff Twm yn ymestyn fel blanced dros ein gliniau.

Dim ond un person sydd bellach yn fy neall. Ac mae'n rhaid i mi ei weld a dweud y cyfan wrtho.

# Dinoethi

Erbyn i mi gyrraedd Morfa mae'r ffordd gul yn bicadili o gerddwyr a cheir wrth i bobl ddychwelyd i'w carafannau a'u tai ha' o'r traeth. Mae Yncl Morlais wrth fonyn y giât efo dyn arall mewn siwt, a hwnnw'n taro postyn i'r pridd, sgimiad o'r gwrych lafant sy'n ferw o wenyn. Mae'r arwydd yn dweud 'AR WERTH' mewn llythrennau bloc mawr coch ond dydi fy llygaid ddim yn caniatáu i fy ymennydd brosesu arwyddocâd hynny.

"Ydi Tangaroa yn y tŷ?" holaf yn robotaidd.

Mae Yncl Morlais yn amlwg yn cael sioc o fy ngweld, fel petawn i wedi ymddangos allan o unlla, ac mae o'n mynd i'w bot braidd.

"Nacdi, mae o wedi mynd lawr i'r traeth ers sbelan," medda fo gan neidio oddi ar y clawdd ac yna rhyw amneidio at yr arwydd fel petai'n teimlo rheidrwydd i esbonio.

"A Heli ..."

Ond mi rydw i wedi mynd i chwilio am Tangaroa a suddo i'w gwmni tawel. Chwilio mewn gobaith o gael gorwedd ar y traeth a sgwrsio a chreu siapiau o'r cymylau uwch ein pennau a gwrando arno yn adrodd chwedlau'r Maori wrth syllu ar yr haul yn darfod am y dydd. Dwi'n teimlo fy nhraed yn rhwbio'r tarmac fel papur tywod ac yn anwybyddu Llais y Bwgan-Beth-Os sy'n ceisio fy ngorfodi i droi yn ôl a chyffwrdd cerrig, a blodau a thopiau'r crawiau llechi. Troi'n ôl arnaf fy hun yn hytrach na symud ymlaen. Gwastraffu amser.

Dwi'n dechrau rhedeg a bron â tharo i mewn i deulu sy'n cario eu byrddau syrffio a'u cadeiriau plyg. Dwi'n pwnio heibio merch fach sydd wedi ei lapio mewn fflamingo pinc llawn aer a'i wddw yn fy nghnocellu wrth i mi eu pasio.

"Hey, careful, lass. What's the rush?" gwaedda'r tad yn ddigon pigog.

*Symwchofforta. Symwchofforta. Symwchofforta.*

Dwi'n sibrwd ymddiheuriad ac yn ailddechrau rhedeg i lawr y lôn, gan neidio i'r clawdd bob yn hyn a hyn i osgoi teulu llwythog arall sy'n stryffaglu i fyny'r allt neu geir a'u gyrwyr di-glem sy'n gwibio heibio. Erbyn i mi gyrraedd y twyni mae'r traeth bron yn wag a dwi'n gorwedd yn fy man arferol yn yr hesg, fel ci defaid ffyddlon, yn sganio'r ehangder am Tangaroa a'i gawell. Ond does dim sôn amdano.

Dwi'n tybio efalla ei fod wedi mynd i nofio i fae Craig y Forwyn gan mai yno fydd o'n tueddu i fynd yn ddiweddar wedi iddo wagio'r prif draeth o sbwriel ac ers i mi ddatgelu'r lle iddo. Dwi'n dechrau cerdded dros y twyni i ben arall y traeth at benrhyn y bae. Mae yna ambell gar wedi parcio reit ym mhen pella'r maes parcio, a dwi'n adnabod un ohonynt fel car Josh. Ac wrth i mi ddringo i ben y bryn dwi'n gallu clywed sŵn gweiddi a chwerthin cras yn dod o gyfeiriad bae Craig y Forwyn.

Does dim yn fy mharatoi at yr olygfa unwaith i mi gyrraedd y grib. Dwi'n eu hadnabod yn syth. Ffigwr talsyth a llipa Josh yn ei hwdi du a'i jîns tameidiog. Ei ffrind nad ydw i'n gwybod ei enw, Jas, chwaer Josh yn ei siorts cwta a'i thop fest a'i gwallt yn gynffon ceffyl tyn ar dop ei phen. Ac Elin.

Maen nhw i gyd yn cylchu o gwmpas rhywbeth sy'n gorwedd ar y tywod gan weiddi a sgrechian fel rhyw ddawns lwythol. Mae yna rywbeth yn cael ei daflu a'i wasgaru ar hyd y traeth a dwi'n gweld amlinell ddu cawell cimychiaid Taid. Heb yn wybod i mi, dwi wedi dechrau gweiddi a sgrechian wrth redeg i lawr y grisiau cul i lawr i'r traeth gan chwifio fy mreichiau fel petawn am wasgaru fwlturiaid sy'n gloddesta ar gorff.

"Gadwch o fod. Dwi'n ffonio'r heddlu," a dwi'n dal fy ffôn i fyny gan obeithio y bydd fy mygythiad yn ddigon i wasgaru'r criw. Maen nhw'n gwyro ac yn gwawdio'r corff llonydd ar y llawr ac mae un ohonynt yn rhoi cic yn asennau noeth Tangaroa. Mae un arall yn poeri arno. Maen nhw wedi rhoi lludw o un o'r barbeciws un-tro ar eu hwynebau. Ac mae Elin ar yr ymylon yn cylchu ac yn cofnodi y cyfan ar ei ffôn. Yn ei anfon yn *viral*.

Does neb ond y hi yn cymryd unrhyw sylw ohona i yn rhedeg tuag atynt ar draws y traeth gan chwifio fy mreichiau yn orffwyll. Ac wrth i mi agosáu ati mae'n troi ac yn pwyntio camera ei ffôn i fy nghyfeiriad.

Mae'r lleill wedi dechrau gwasgaru erbyn hyn gan chwerthin a neidio a gweiddi – o'u coeau ar ryw gyffur. Eu ffiol yn llawn. Elin ydi'r ola i adael ac mae'n troi eto at gorff Tangaroa yn gorwedd ar y traeth, ei gefn noeth wedi ei orchuddio gan y sbwriel y buodd o'n ei gasglu yn ei gawell, gan fagiau baw cŵn a phoer a marciau coch y ciciadau roedd wedi eu derbyn. Mae ei grogdlws gwyrdd wedi ei rwygo o'i wddw ac yn gorwedd wrth ei ymyl. Mae ei siorts wedi eu tynnu i lawr ac mae gwddw potel ddŵr blastig wedi ei stwffio i rych ei ben-ôl.

Dwi'n cwffio i gael fy anadl yn ôl ac yn crymanu at fy nghluniau. Mae Elin yn gwyro ei ffôn ac yn troi i fy wynebu. A dydw i ddim yn ei hadnabod. Mae canhwyllau ei llygaid yn enfawr oherwydd y cyffuriau mae wedi eu cymryd, a'i chasineb yn oeri fy ngwaed. Dydi hi'n dweud dim. Dim ond troi ar ei sawdl i ymuno efo'r gweddill, ei gorchwyl wedi ei gyflawni.

"Tangaroa, ti'n iawn?"

Dwi'n rhedeg ato ac yn suddo i'r tywod wrth ei ymyl ac yn troi ei ben yn ysgafn tuag ata i. Mae symudiadau'r gronynnau aur o dan ei ffroenau yn brawf ei fod yn dal i anadlu ac mae o'n trio agor ei wefusau.

"Paid symud. Dwi'n ffonio am help," meddaf a'r dagrau yn powlio. Dwi'n gwybod fod Dad yn y gwaith a does gen i ddim rhif i Yncl Morlais. Felly dwi'n ffonio Mam gan obeithio ei bod yn ddigon sobor i ateb.

*Meddwlygwaetha. Meddwlygwaetha. Meddwlygwaetha.*

Mae'n deall yn syth ac yn dweud ei bod hi ar ei ffordd.

Dwi'n tynnu fy nghardigan i'w rhoi dros ei gorff ac yn sylwi eto ar y botel blastig yn sownd yn ei ben-ôl ac mae pob gewyn yn fy nghorff am dynnu'r hyllbeth oddi yno. Ond dydw i ddim isio codi cywilydd arno a thynnu sylw at y peth. Felly, dwi'n meddwl am dacteg arall ac yn ysgubo'r defnydd dros ei gefn efo digon o rym i ryddhau'r botel ac yna'n gorchuddio ei ddinoethedd.

Wrth fwytho ei gefn yn ysgafn dwi'n edrych allan tuag at Graig y Forwyn ac ar y darnau plastig a wasgarwyd o'r cawell yn arnofio tuag ati.

"Heli," sibryda Tangaroa gan chwalu'r tywod o dan ei geg. Mae'n estyn ei fraich ac yn chwilio am fy llaw. Ac wrth iddo lacio ei ddwrn a chau ei fysedd am fy rhai i, teimlaf y metel arian yn oer yng nghledr ei law.

# Melltith

Mae o'n gafael mor dynn yn fy llaw fel bod crogdlysau'r swynfreichled yn tyllu i mewn i fy nghnawd ac yn creu siapiau coch lle mae diffyg gwaed. Yn brifo. Mae asgell arian y morfarch yn gwthio'n gyhuddgar rhwng fy mysedd, fel codi bys.

*Sbiabetidineud. Sbiabetidineud. Sbiabetidineud.*

A fedra i ddim peidio meddwl amdano yn dringo dros y creigiau a'i gawell cimychiaid ar ei gefn a'i gyrchfan yn amlwg. Gadael ei helfa sbwriel ar y traeth a phlymio i'r tonnau i chwilio am ddarn ohona i. Dwi'n cochi'n gynnes wrth feddwl am hyn. Cyn cywilyddio at fy hyfdra. Fi arweiniodd o yma. Fi hefyd gymhellodd Elin a'i chriw i'w erlyn. Y ddau ohonan ni yn 'gofyn amdani'.

"Mae help ar 'i ffor'," sibrydaf i'r gwynt yn fwy nag i'w glust gan edrych i gyfeiriad y grisiau carreg ar ben arall y bae. Teimlaf mor ddiymadferth. Fel gronyn microsgopig o dywod ar goll yng nghynfas eang y traeth. Mae o'n dechrau gwneud symudiadau herciog ac yn cribinio'r tywod o'i gwmpas, fel crwban y môr.

"*Manaia?*" hola'n wanllyd. Dwi'n gwybod yn union am be mae o'n chwilio a dwi'n ymestyn dros ei ysgwyddau i gyrraedd ei garreg werdd. Ei *manaia*. Ei angel gwarcheidiol, y creadur mytholegol yn ôl y Maori oedd â phen aderyn, corff dynol a chynffon morfarch.

Y symbol, o'i wisgo o gwmpas y gwddw neu'n agos i'r galon, a fyddai'n dod â lwc dda wrth droedio llwybrau bywyd ac yn diogelu'r person rhag niwed. Ac yn melltithio unrhyw un a fyddai'n amharchu ei rym. Mae'n clampio ei ddwrn yn dynn am y crogdlws ac yn tynnu ei law at ei fynwes.

Dydw i ddim yn siŵr am faint y bues i'n aros yno yn plygu drosto. Roedd hi wedi dechrau oeri wrth i'r haul fynd lawr a'r gwynt wedi codi a'r môr yn ein herio, yn pwnio'n araf tuag atom ac ambell i grib ton yn ein llyfu fel ci bach isio sylw. Dwi'n gwybod bod amser yn brin a'n bod ni ar drugaredd y llanw, ond fedrwn i ddim ei symud fy hun oherwydd pwysau ei gorff. Dwi'n synhwyro hefyd nad ydi o isio codi a bod sarhad yr hyn sydd wedi digwydd iddo wedi ei lorio cymaint â'i anafiadau corfforol. A bod ei ysbryd wedi ei dorri.

Dwi'n gorwedd i lawr wrth ei ymyl ac yn ei gofleidio gan baratoi i ildio i fympwy a chynddaredd y môr petai angen.

"Heli!"

Mae Mam yn rhedeg i lawr y grisiau carreg ac ar hyd y traeth tuag ata i ac Yncl Morlais yn dynn wrth ei sodlau. Mae fy holl gorff yn ymollwng wrth ei gweld a dwi'n codi ar fy nhraed yn barod i'w derbyn ac yn dechrau beichio crio yn ei breichiau.

"Mam," ymblygaf i mewn iddi.

"Dyna fo, 'nghariad i," medda hi, gan gusanu fy ngwallt. "Dwi yma. Mae Mam 'di cyrradd."

Mae Yncl Morlais ar ei gwrcwd yn sibrwd i glust Tangaroa, cyn iddo droi at Mam.

"Fedri di fy helpu i'w godi o, Siân?" hola a'i lygaid yn bradychu ei banig.

A rhyngom ni'n tri, a'r llanw erbyn hyn yn cosi ein fferau, rydan ni'n llwyddo yn ara' bach i godi Tangaroa druan ar ei draed. Mae ei wallt gwlyb tywodlyd yn syrthio fel gwymon du gan guddio ei wyneb ac mae ei ysgwyddau, ei frest a'i gefn noeth yn farciau coch ac yn gleisiau i gyd. Mae ei ymddangosiad yn fy atgoffa o'r llun hwnnw yn *Beibl y Plant* o gorff Iesu Grist pan dynnwyd o lawr o'r groes, pan arferai Nain ddarllen y stori i ni bob Pasg. A'r cerflun pren o Iesu ar y groes oedd gan Nain yn hongian ar wal y lobi gul, hwnnw hefyd wedi dod o hen gapel Morfa cyn y datgorffori, ac oedd yn codi ofn arna i bob tro roedd angen i mi ei basio yn y tywyllwch.

Ac yn ara' bach, a'r nos yn cau amdanom, mi rydan ni'n stryffaglu cerdded am y grisiau carreg. Mae breichiau Mam yn gafael yn dynn amdana i ac mae Yncl Morlais yn cynnal Tangaroa fel milwr clwyfedig, ac yn trio ei symud un cam bach poenus ar y tro. Dwi'n mentro troi i edrych dros fy ysgwydd, eiliadau cyn i'r môr lyncu'r haul, ac yn gweld cawell cimychiaid Taid yn cael ei gario ar grib y tonnau tuag at Graig y Forwyn, fel llong fôr-leidr ddrylliedig a'i chargo plastig yn arnofio'n gyflafan o'i chwmpas.

Mae fel y fagddu erbyn i ni lwyddo i ddringo dros grib y penrhyn a chyrraedd y maes parcio. Does yna neb arall o gwmpas a dim ond campyr-fan fechan Yncl Morlais sy'n sefyll yno. Mae o'n sleidio'r drws ac yn gosod Tangaroa i orwedd ar y sedd hir o flaen y bwrdd bach ac yn rhoi blanced drwchus drosto. Mae Mam a finna'n mynd i eistedd yn y ffrynt efo Yncl Morlais.

"Be ddigwyddodd, Heli?" hola Yncl Morlais ymhen hir a hwyr, mewn llais tawel, bron fel tasai arno ddim isio gwybod.

Dwi wedi bod yn disgwyl iddo ofyn hyn. Dwi'n troi i sbio ar Tangaroa ond mae o wedi syrthio i gysgu, neu'n cau ei lygaid a smalio gwneud, beth bynnag.

"Mi fydd bob dim yn iawn, cyw, mae'n bwysig ein bod ni'n cael gwybod," anoga Mam gan wasgu fy llaw. "Cym dy amser."

Ac yn fy llais tawelaf, rhag i Tangaroa glywed, dwi'n dweud popeth wn i. Does neb yn dweud dim byd wedyn nes i ni gyrraedd tŷ ni ac mae Yncl Morlais yn diffodd yr injan.

"Diolch i ti, Heli, am fod yn ffrind mor dda i Tangaroa heno," medda fo a'i feddwl ymhell. Mae'n troi at Mam, "A diolch i chditha, Siân, am fy ffonio. Mi af i â fo i'r ysbyty am *check-up* ac mi ffonia i di'n nes mlaen."

Mae gweld Mam a'i hanner brawd yn cyd-dynnu yn gymaint o ryddhad, er mor drist ydi'r amgylchiadau sydd wedi dod â nhw ynghyd. Dwi'n neidio allan o'r fan fach ac wrth gau y drws yn sibrwd,

"*Kia ora*. Gobeithio bydd o'n iawn."

"*Tēnā koe*, Heli fach. A finna," gwena Yncl Morlais cyn taro'r fan i'w gêr a rhygnu mynd lawr y ffordd am yr ysbyty.

Mae Mam yn cydio yn fy llaw ac yn fy arwain i fyny'r dreif am y tŷ. Ac wrth i'n dwylo gloi mae'r swynfreichled yn llithro i lawr fy arddwrn a'r crogdlysau arian yn gogleisio ei chroen.

"Ti 'di dod o hyd iddi!" ebycha.

"Tangaroa ... ar y traeth ..." sibrydaf, a gadael iddi hi weithio'r gweddill allan ei hun. Mae hyn hefyd yn dod â'r cyfan yn ôl i mi. Cofio craffu o'r grib ar siâp tebyg i ddolffin wedi ei glwyfo yn gorwedd ar y tywod yn y bae oddi tana i, a sylwi mai Tangaroa oedd yno. Gweld criw

Elin yn ei gylchu, yn ei gicio a'i watwar a'r sbwriel o'i gawell wedi'i daflu o'i gwmpas. A gwybod bod gweithred dyn wedi torri Gwarchodwr y Môr a'i adael yn gragen wag.

A dwi'n gwybod beth sy'n rhaid i mi ei wneud.

Mae'n rhaid i mi ddinistrio pob *whakatuma*, pob melltith a phob bygythiad. Os na wna i hynny, ni fydd Tangaroa yn gwella o'i glwyfau. Ni fydd ei ysbryd yn trwsio. Ni chaf i o fyth yn ôl.

Ac mae'r Llais yn bloeddio yn fy mhen a finna'n ei ateb.

Dwi'n dy glywed di!

Dwi'n gwrando!

Dwi'n ufuddhau!

A chyn i Mam gael cyfle i gamu drwy'r drws, dwi wedi gwthio heibio iddi ac yn anelu yn syth am y bwrdd bach gwiail sydd dan y drych yn y coridor. Mae *hi* ym mhob un llun sydd ar y bwrdd, bron, yn wên deg fel tasai menyn ddim yn toddi yn ei cheg. Dwi'n gafael yn y llun teulu mawr a dynnwyd ohonan ni ym mae Craig y Forwyn ble mae Elin yn eistedd ar ysgwyddau noeth Dad a'i rhuban goch fawr yn dal ei chynffon ceffyl uchel, fel pilipala lliw rhosyn. Dwi ym mreichiau Mam, yn blwmpan fach fochgoch yn edrych i fyny ar fy chwaer fawr wenog.

*Sguthan. Sguthan. Sguthan.*

Dwi'n troi'r ffrâm wyneb i waered ac yn ffidlan efo'r clipiau bach dur sy'n ei ddal er mwyn cael at y ffotograff ei hun. Mae'n anodd ac maen nhw'n tyllu'n frwnt o dan fy ewinedd. Ond mae'n rhaid i mi wneud hyn neu mi fydd Tangaroa yn marw o dor calon. Cael gwared ar y wên oddi ar wyneb Elin. Chwalu'r llun perffaith.

"Heli, be ti'n neud?"

Mae Mam yn trio cymryd y ffrâm llun oddi arna i.

"Paid, 'nei di! Rho hwnna i mi, yli, ac awn ni i ..."

Ac ynghanol y sgarmes mae cornel y gwydr y tu mewn i'r ffrâm yn tyllu i mewn i gnawd arddwrn Mam ac yn creu ffrwd fach goch.

"Awtsh ..."

Ac mae diferyn tenau o waed o liw rhuban pilipala Elin yn crio dros ein hwynebau ni i gyd.

Wrth i Mam redeg i'r gegin i lapio'i harddwrn mewn tywel sychu llestri, dwi'n llwyddo i dynnu'r ffotograff allan o'r ffrâm. Ac yn dechrau rhwygo Elin yn ddarnau mân, mân, mân fel na all neb ei rhoi hi at ei gilydd fyth eto.

Dydw i ddim yn siŵr be ddigwyddodd nesa, ond mae'n rhaid bod Mam wedi mynd â fi i fyny'r grisiau gan fy mod wedi deffro yn fy ngwely, yn dal yn fy nillad. Mae yna oleuadau glas yn chwyrlïo tu allan i'r ffenast a dwi'n clywed sŵn lleisiau yn y lobi. Ac yna mae Mam yn dechrau nadu fatha asyn yn cael ei drywanu.

# Dial

*Awn am dro i Frest Pen Coed,*
*Awn am dro i Frest Pen Coed,*
*Dyna'r lle difyrra y bûm i ynddo 'rioed,*
*Awn am dro i Frest Pen Coed.*

*"Dowch 'ta, pawb i ganu efo fi. Ar ôl tri . . . 1, 2, 3 . . . barod?*
*I ffwrdd â ni. A chofiwch wneud y symudiadau a gadael y*
*geiriau allan yn eu tro, neu mi fydd yma le."*

Mae Llais y Bwgan-Beth-Os mor orchfygol dwi'n gorfod
sbecian ar wynebau Mam a Dad i bwyso a mesur os ydw
i'n canu'r geiriau ac yn gwneud y symudiadau go iawn
neu ddim ond yn eu dychmygu yn fy mhen.

*Os na* wnei di hyn mi fydd Elin yn marw. Dyna be
oeddet ti isio, yndê? Hapus rŵan? Cael dial arni am yr
hyn mae hi a'i ffrindiau wedi ei wneud i Tangaroa ac am
ladd Twm.

*"Mae hi wedi dioddef anafiadau difrifol i'w phen a'i chefn.*
*Mae'r 24 awr nesa 'ma'n dyngedfennol."*

Dyna ddudodd y llawfeddyg wrth Mam a Dad pan
ddaeth i siarad efo nhw gynna. Maen nhw'n ista dros ffor'
i mi, 3.56 metr i ffwrdd ar draws y llawr leino sgleiniog
sy'n taflu adlewyrchiad y stribyn fflworolau oddi ar y
nenfwd. Hwnnw sy'n aflonyddu'n rhacs ar fy synhwyrau.

Maen nhw'n gafael yn nwylo ei gilydd ac yn sbio ar y wal wag y tu ôl i mi. Drwydda i ac nid arna i. Mae hyn yn gadarnhad nad ydw i wedi gwneud dim byd o'i le. Er eu bod nhw'n gyfarwydd iawn efo fy nghymelliadau amhriodol a fy nhuedd i weiddi petha allan ar hap, ac yn gwybod nad oes gen i mo'r help, mae yna le ac amser. Ac nid fan hyn mohono.

Mae fy nyrnau yn wyn o gydio yn ymyl y gadair blastig hynod anghyfforddus a dwi wedi dechrau siglo yn ôl ac ymlaen i drio rheoleiddio'r trobwll o emosiynau sy'n chwyrlïo yn fy mhen. Dim ond y geiriau 'awn', 'am' ac 'i' sydd ar ôl yn y gân erbyn hyn a dwi'n brwydro yn erbyn yr ysfa i orfod sefyll ar ben y gadair a chanu'n uchel, gyda'r hepgoriadau wrth gwrs. Neu mi fysa'n rhaid i mi ddechrau o'r dechrau eto!

Mi faswn i'n gobeithio cael llonydd gan y Llais wedyn i drio gwneud synnwyr o'r dryswch dieiriau sy'n digwydd o fewn cwmpas yr ystafell fach fyglyd yma.

Dydw i 'rioed wedi bod mewn ysbyty o'r blaen. Mae hynny ynddo'i hun yn beth rhyfedd o feddwl bod Dad wedi bod yn gweithio yma ers cyn cof. Mi ges i hyd yn oed fy ngeni ar lawr parlwr Morfa pan oedd Mam wedi piciad yno i weld Nain gan feddwl fod ganddi o leia dair wythnos arall cyn fy nghyfarfod. Dyna pam ges i fy enwi yn Heli, gan fod gwynt y môr yn gymysg â'r gwymon a'r lafant yn ymdreiddio drwy'r ffenast pan dynnodd Nain fi i'r byd ar y bora braf hwnnw o Fehefin. Tair blynedd ar ddeg yn ôl.

Dwi'n meddwl mai achlysur fy ngeni oedd yr unig adeg i mi gyrraedd unrhyw le yn fuan. Adeg pan nad oedd y Bwgan-Beth-Os wedi ffeindio ei ffordd i mewn i fy mhen a gwneud i mi wirio popeth, amau fy hun drwy'r amser, ac o ganlyniad, fy ngwneud yn *hwyr, hwyr, hwyr* i bob man.

Dwi'n taro cip draw at Mam a Dad eto. Mae Dad yn dal yn ei sgrybs sgarlad ac mae o wedi troi ei gorff yn ei gadair fel petai am warchod Mam, sy'n edrych mor fach a bregus. Mi aeth o â hi i ryw ystafell arall gynna i dendio at yr anaf ar ei harddwrn ac i roi bandais arno gan daflu rhyw olwg yli-be-ti-di-neud-rŵan-eto arna i.

Os bydd Elin farw, tybed a wnaiff hynny ddod â nhw'n agosach at ei gilydd eto? O leia basa hynny'n un peth da i ddod allan o hyn i gyd.

*Gwatsiabetinddeud. Gwatsiabetinddeud. Gwatsiabetinddeud.*

Dwi'n cau fy llygaid yn dynn, dynn ac yn crychu fy nhalcen i drio cael gwared ar fy meddyliau ymwthiol amhriodol ac yn brwydro i gadw'r Llais dieflig rhag ffeindio ei ffordd i mewn i fy mhen unwaith eto.

Daw sŵn gwich y drws ac mae llais cyfarwydd yn torri ar draws petha ac yn fy ngorfodi i agor fy llygaid.

"Mi ddois i draw gynta glywes i … Mi ddywedon nhw mai fa'ma oeddach chi. Maen nhw wedi cadw Tangaroa i mewn am y noson, dim ond i gadw llygad."

Mae yna saib anghyfforddus sy'n teimlo fel oes Jwrasig, cyn i Yncl Morlais benderfynu cymryd sedd wrth ochr Dad. "Sut mae hi?"

"Dal mewn coma," ateba Dad. "Maen nhw'n gneud bob dim allan nhw drosti, ond dydi petha ddim yn edrach yn dda."

Ac yn groes i'w gadernid arferol dwi'n synhwyro bod Dad yn simsanu, fel petai rhywun ar fin tynnu'r gadair oddi tano a'i adael i syrthio'n fflat ar ei ben-ôl ar y leino sgleiniog. Dydi o ddim yn gallu dod o hyd i'r geiriau a dwi'n ei deimlo yn torri y tu hwnt i unrhyw drwsio. Mae Yncl Morlais yn nodio'n chwithig gan edrych i fyny ar y teledu ar y wal a'i sgrin wedi ei diffodd.

"Dim ond i chi gael gwybod ..." Oeda, gan edrych yn nerfus draw i fy nghyfeiriad i heb fod yn siŵr a ddylai barhau i siarad. "Mae o newydd fod ar y bwletin *Newyddion* ... maen nhw wedi enwi Josh a'r un arall fuodd farw."

Mae Mam yn dechrau crio eto. Dwi'n gadael i Dad ac Yncl Morlais dendio arni ac yn tynnu fy ffôn o boced fy siorts ac yn gwglo. Daw ffrwd y newyddion i fyny yn fy llif Instagram a llun doniol o'r car bach oren a'i drwyn yn sownd yn y tywod, fel pig albatros anferth wedi crebachu fel consartina. A dwi isio chwerthin. Dros y lle i gyd.

Ond dwi'n canolbwyntio yn galed iawn ar drio rheoli fy hun ac yn syllu ar sgrin fy ffôn er mwyn gwyro fy nghanolbwynt rhag y cymhellion amhriodol sy'n dod i fy mhen. Ac mae'r stori yn cadarnhau yr hyn dwi'n ei wybod yn barod o glywed y sgyrsiau sydd wedi bod yn mynd mlaen rhwng fy rhieni, a'r meddygon a'r swyddogion heddlu sydd wedi bod yn dod i mewn ac allan o'r 'ystafell deulu' ers i Mam a fi gael ein cludo yma ym mherfeddion nos, rai oriau yn ôl erbyn hyn.

*'Dau wedi eu lladd yn dilyn damwain pan blymiodd car oddi ar glogwyn tua 01.00 fore Mawrth. Cafwyd bod Joshua Taylor, 19 a Darren Richards, 20 yn farw yn y fan a'r lle, a chludwyd dwy ferch arall, Elin Jones, 16 a Jasmine Taylor, 17 i'r ysbyty mewn cyflwr difrifol. Mae'r heddlu yn parhau gyda'u hymchwiliadau ac yn apelio am unrhyw wybodaeth bellach.'*

Dwi'n gwybod mai dim ond mater o amser ydi hi nes bydd yr heddlu yn dod i fy holi inna. Y llofrudd tawel.

Yr un oedd wedi ewyllysio i'r ddamwain angheuol ddigwydd yn y lle cyntaf. Mi fyddan nhw'n siŵr o fynd i holi Dr Gwynne wedyn i gael ei farn yntau fel yr un sydd wedi bod yn fy nhrin. Yn ceisio fy nhrwsio. Ac mi fyddan nhw'n mynnu cael gweld fy holl sgribyls sinistr fel tystiolaeth fod hyn i gyd yn rhan o fy nghynllun dieflig.

Daw cnoc ar y drws ac mae pawb yn neidio o'u crwyn. Cipia plismones ifanc big ei chap drwy'r cil heb gamu i mewn i'r ystafell.

"Ddrwg gen i ddistyrbio chi," medda hi'n ymddiheurol. "Dim ond meddwl allen ni gael sgwrs efo chi, Mr Evans, a chitha hefyd, Mrs Jones, am yr hyn ddigwyddodd ar y traeth cyn y ddamwain. Dwi'n derbyn fod hyn yn amser anodd i chi ond mae pob darn o wybodaeth yn hanfodol ar hyn o bryd."

Does neb yn cymryd gronyn o sylw ohona i. Fel taswn i ddim yno.

Er fy mod i, wrth gwrs, YNO.

Y noson honno.

Ar y traeth.

Yn dyst i'r gyflafan.

Ac mae'r holl ddigwyddiadau yn dal i chwarae yn ôl yn fy mhen fel ffilm arswyd.

"Heli, pam na ei di draw i weld Tangaroa?" Mae Yncl Morlais wedi dod draw ata i ac wedi penlinio i lawr o flaen fy nghadair a syllu i fyny arna i. Dwi'n codi fy mhen oddi wrth fy ffôn ac yn sbio i fyw ei lygaid caredig, heibio ei ben moel llawn brychni.

"Mae o mewn stafell ar ei ben ei hun i lawr y coridor, dau ddrws o orsaf y nyrsys," eglura.

Does gen i ddim dewis ond mynd gan fod yr oedolion

yn amlwg angen trafod petha tu ôl i fy nghefn i. Dydi
hynny yn ddim byd newydd.

Mae'r coridor yn hir ac wedi ei beintio yn las golau,
lliw yr awyr, ac mae yna gymylau gwyn wedi eu darlunio
yma ac acw. A siâp dim byd ar yr un ohonyn nhw. Am
nad oeddan nhw'n symud. Yn trawsnewid. Nid fel ein
cymylau ni ar y traeth yn carlamu fel cesig gwynion am
y gorwel, neu'n ehedeg fel albatros brenhinol ar adain yr
awel. Cymylau Tangaroa a fi.

Ac wedi i awyr las y coridor ddarfod, dwi'n ei weld.
Yn gorwedd yn ei wely, ei frest yn noeth a'r *manaia* am ei
wddw. Ai lygaid yn syllu'n wag ar y nenfwd ddigwmwl.

Dwi'n petruso wrth y drws agored cyn ei dapio'n
ysgafn.

"*Kia ora*," sibrydaf.

Mae'n fy anwybyddu am rai eiliadau. Er ei fod yn
gwybod yn iawn fy mod i yno.

"Tangaroa? Ga i ddod i mewn?"

Mae'n troi ei ben ata i ac yn syllu'n hir cyn taro'r fatras
wrth ei ochr. Dwi'n cerdded yn araf ato ac yn dringo i
fyny ar y gwely i orwedd wrth ei ymyl ac yn gosod fy
mhen dan bont ei ysgwydd a chyrlio fy nghoes am gwrel
ei goes yntau. Mi rydan ni'n syllu'n hir i lygaid ein gilydd
cyn i'n trwynau gwrdd mewn hongi hardd.

A'n heneidiau coll eto'n un.

# Newid byd

Mae Dr Gwynne newydd gadarnhau mai dyma fydd ein sesiwn therapi ola am rai misoedd. Mae o wedi ei blesio gan betha ac yn hynod o falch o glywed fod Llais y Bwgan-Beth-Os wedi tawelu rhyw fymryn yn fy mhen. Er ei fod yn dal yno, wrth reswm. Fel cnocell yn corddi'r dyfroedd o dro i dro. Mae hynny i'w ddisgwyl yn ôl Dr Gwynne. Mae'n rhan ohona i.

Ond mi rydw i wedi dysgu sut i glywed a gwrando ar fy llais fy hun. A dod i ddeall mwy am bwy ydw i a be sy'n fy ngwneud i yr hyn ydw i.

*Heli Jôs. Heli Jôs. Heli Jôs.*

Mae yna fis, dau ddiwrnod, chwe awr a 53 munud wedi pasio ers i Tangaroa ac Yncl Morlais adael Morfa am Seland Newydd. Dwi'n ôl yn yr ysgol ac yn destun sylw mawr yn dilyn digwyddiadau'r ha'.

"Sut mae dy chwaer?"

"Ydi hi adra erbyn hyn?"

"Cofia fi ati."

Mae pawb, yn athrawon ac yn gyd-ddisgyblion, am wybod sut mae Elin wedi'r ddamwain a ysgydwodd yr holl gymuned. Dwi'n dweud wrth bawb ei bod hi'n 'iawn' ac yn ymwybodol o'r ocheneidiau a'r llygaid yn rholio mewn ymateb. Fel petaen nhw'n disgwyl mwy gen i. A finna ddim yn siŵr sut i ymateb. Ac felly erbyn hyn maen nhw wedi peidio fy holi gymaint, sy'n fy siwtio i.

"A sut wyt ti?" Mae Anwen wedi bod yn dod i'r drws bob bora ers diwrnod cynta'r tymor i gerdded at yr arhosfan bws efo fi. Anti Jan sydd wedi ei hanfon, siŵr o fod, ar ôl trefnu petha efo Mam dros WhatsApp. Pawb yn poeni sut ydw i'n ymdopi efo hyn i gyd, a finna fel ag yr ydw i, a bod Anwen wedi ei siarsio i gadw llygad arna i yn yr ysgol.

*Teisen i Sil, Banana i Bil, Anti Jan.*

Ond mae'n braf cael Anwen yn ôl yn fy mywyd. Rhyw bigo fyny lle adawon ni betha. Rhyw gyfeillgarwch felly sydd wedi bod rhyngddon ni erioed. Mae hi yn fy nghymryd i fel ag yr ydw i, a finna hitha. A hefyd, wrth gwrs, y ffaith nad oes ganddi ffrindiau eraill rŵan gan fod petha wedi chwerwi rhyngddi hi a Lara. Mae hi'n torri'i bol i wybod bob dim am Tangaroa a be fuon ni'n ei wneud dros yr ha'. Eto, dydw i ddim yn gallu dod o hyd i eiriau i ddisgrifio ein perthynas ac yn dweud dim.

Mae'n haws gen i gyfleu fy nheimladau drwy luniau. Dwi'n un dda am dynnu llun. Mae gen i dalent. A dyna hefyd pam fod Dr Gwynne wedi gofyn i mi ddod â fy llyfr sgribyls efo fi i'r sesiwn er mwyn iddo fo gael darlun o sut mae petha efo fi. Heddiw. Yn y rŵan-hyn. Ac ar ôl bob dim.

Dydi Dad heb ddod i mewn efo fi y tro yma. Mae o'n eistedd tu allan yn aros i fy awr ddod i ben. Mae hynny'n arwydd da fy mod yn fodlon cyfathrebu mwy efo Dr Gwynne yn annibynnol. Agor allan. 'Dan ni wedi clicio a rhwng muriau moel, *beige* yr ystafell a'i holl betha cam, 'dan ni wedi dod i ryw ddeall ein gilydd yn reit dda.

"Wyt ti isio dangos i mi be sy gen ti?" hola Dr Gwynne.

Dwi'n gyndyn ar y dechrau i basio'r llyfr iddo gan fod yna ran fawr ohona i yn britho'r tudalennau y tro hwn. Ond mae'r cyfan hefyd yn gadarnhaol. Dwi wedi llwyddo i gyrraedd y pwynt yma ar fy mhen fy hun, ac mi rydw i hefyd am dderbyn ei ganmoliaeth am hynny. Ac felly dwi'n cytuno. Ac yn ei wylio yn darllen y darluniau.

Dau forfarch a'u trwynau hardd yn cwrdd â'u cynffonnau wedi eu lapio am ei gilydd yn dawnsio fel un o dan y tonnau. Yn y cefndir mae cynffon morfil sberm yn fforchio o'r dŵr ac albatros brenhinol yn gleidio uwch copaon eisin gwyn mynyddoedd cysgodol bae Kaikōura ble y dychmygaf y mae Tangaroa ac Yncl Morlais wrthi'n paratoi y cychod gwylio ar gyfer tymor ymwelwyr prysur arall. Mae meddwl am Tangaroa a'r hyn a fuodd rhyngom yn rhoi'r teimlad braf-yn-y-bol i mi. Er mor anodd oedd y gwahanu. Y prynhawn hwnnw ar y traeth, yn syllu nes bod ein llygaid yn brifo ar filltiroedd o fôr a fyddai'n bodoli rhyngom. Ac eto'n parchu'i rym a'i fympwy a'n denodd at ein gilydd yn y lle cyntaf. Roedd gen i gymaint roeddwn isio ei ddweud wrtho y diwrnod hwnnw. Diolch iddo am agor fy llygaid i'r anweladwy a fy nghlustiau i'r anghlywadwy. Dysgu caru yr hyn a oedd yn hagr-hardd. Ac yn wahanol.

Dwi'n cael cysur o feddwl fod ein gwahanu yn ddefod anorffenedig. Fel fy llun. Yn rhywbeth y galla i ddychwelyd ac ychwanegu ato. Yn y cyfamser mi rydw i'n gafael yn dynn mewn darnau ohono sy'n glynu fel diferion hallt ar groen. Yn syllu arno drwy lygaid nad ydyn nhw'n cwrdd. Yn ei deimlo yng nghroen gŵydd cyffyrddiad ei law a gwasgiad bysedd am ddarnau o fetel arian, oer. Ac yn arnofio yn sicrwydd gwarcheidiol ei *manaia* o amgylch fy ngwddw.

"Wyt ti wedi clywed gan Tangaroa eto?" gwena Dr Gwynne.

"Na, ddim eto," atebaf, gan ddweud y gwir. Dydi Tangaroa ddim yn hoffi defnyddio ei ffôn symudol. Maen nhw'n ffrio celloedd yr ymennydd, medda fo, ac yn ychwanegu at broblemau newid hinsawdd.

"Ond dwi'n ocê efo hynny," cadarnhaf, gan wybod y bydd yn cysylltu. Yn ei amser ac yn ei ffordd ei hun.

Dim ond echdoe y sgetsiais i'r ail lun sydd erbyn hyn yn ganolbwynt sylw Dr Gwynne. A hynny wrth eistedd o dan y goeden rosod yn cysgodi rhag haul poeth ha' bach Mihangel, yr îsl bach pren ar fy nglin a fy mhensiliau lliw newydd a drud wrth fy ymyl. Mi wnes i fframio'r llun yn ofalus efo petryal fy mysedd yn gyntaf fel roedd Cemlyn Celf wedi'n dysgu ni i'w wneud yn ein gwersi yn yr ysgol, a phenderfynu ar y ffocws a beth fyddai cefnlun fy stori. Ffrwydrad y gwrych lafant sydd wedi tyfu yn anystywallt o dan sìl ffenast Morfa sy'n hawlio'r llun, er bod Mam a'i gwallt orengoch fel fflamau a'i chefn atom ar ei phengliniau yn tendio'r gwrych wrth ei docio a'i dwtio fel y byddai Nain yn arfer ei wneud. A chefn Dad yntau yn y cefndir â brwsh paent yn ei law yn rhoi llyfiad o ffresni i waliau allanol y bwthyn gwyngalchog, a stribed o draeth melyn a'r gorwel i'w gweld tu ôl iddo.

Mi benderfynodd Mam ac Yncl Morlais gadw Morfa a'i osod i ymwelwyr. Bydd hefyd yn rhywle iddo fo a Tangaroa aros ynddo pan fyddan nhw'n dod draw am wyliau hir ar ddiwedd eu tymor cychod gwylio. Yn y cyfamser mae Dad wedi symud yma i fyw er mwyn 'gwneud gwaith ar y lle' a'i foderneiddio. Dyma be maen nhw wedi ei ddweud wrtha i. Ond dwi'n gwybod yn iawn mai wedi gwahanu dros dro maen nhw i drio gweithio petha allan. Ac mae Anti Jan wedi bod yn ffrind da i Mam hefyd ac wedi trefnu ei bod hi'n cael mynd i ddosbarth i helpu pobl i drio rhoi'r gora i yfad. A dweud y gwir, ers i fy rhieni ddod i'r trefniant yma mae Mam yn treulio mwy o amser yng nghwmni Dad nag ydi hi wedi ei wneud ers sbel, ac yn manteisio ar bob cyfle i fynd draw i Morfa, gan esgus ei bod hi angen llnau y lle a thwtio'r ardd. A dwi'n mynd efo hi ac wrth fy modd yn ei gweld yn symud llwch y gorffennol o le i le efo'i dystar, yn hytrach na'i olchi i ffwrdd yn llwyr.

Mae fy llun yn un prysur heb unrhyw ganolbwynt amlwg. Mae hynny'n fwriadol. Dyma flerwch bodlon fy mhresennol. Dwi'n esbonio hyn i gyd wrth Dr Gwynne ac yn cael yr argraff ei fod yn gweld y darlun ehangach.

Mae'n troi'r dudalen i astudio fy llun nesaf.

"Dy ddwylo di?"

Dwylo Elin ydyn nhw, yn canu organ fach Nain. Yr un a ddaeth o Morfa ac sy'n dwll pry i gyd ond yn alawon o atgofion. Mae ei bysedd yn hir ac yn fain fel rhai Mam, ac wedi eu dyfarnu'n 'fysedd chwarae piano' ers pan oedd hi'n rhyw bedair oed gan y rhai oedd yn dallt eu petha. Nid fel fy moncyffion bach tew i. Ac mi hedfanodd drwy ei graddau piano hyd at basio ei Gradd 6 (rhif y diafol) pan benderfynodd roi'r gora iddi, fis cyn i Nain farw.

Braslun o ffotograff a dynnais ohoni efo fy ffôn symudol ryw bythefnos yn ôl, heb iddi wybod, ydi'r trydydd llun. Roedd Mam a finna'n y gegin ar y pryd pan glywon ni dinc y nodau yn ein cyrraedd o'r ystafell ffrynt. Yn reddfol, mi wnaeth y ddwy ohonan ni neidio i lawr odd' ar ein stoliau wrth yr ynys a rhuthro at y drws oedd yn flocâd gan ei chadair olwyn wag. Roedd ei bagl yn pwyso hyd wythawd ola cleff y bas ar draws y nodau G, A,

B, C, D. Mi allais weithio hynny allan drwy glosio i mewn ar fy llun ar fy ffôn. Roedd y manylion yn bwysig ar gyfer fy llun er mwyn cofnodi'r ffaith fod Elin wedi gallu codi o'i chadair a chymryd ei chamau cyntaf tuag at yr organ. Rhywbeth roedd yr arbenigwyr a'r ffisiotherapydd wedi dweud y byddai'n cymryd misoedd iddi allu ei wneud, cymaint oedd y niwed i'w meingefn wedi'r ddamwain. Mae'n stopio chwarae ac yn teimlo ein presenoldeb yn y drws ac yn troi rownd. Mae'n gwenu.

"Dwylo Elin," atebaf Dr Gwynne. "Mae hi'n gwella, yn ara' bach."

Mae Dr Gwynne yn cau fy llyfr sgribyls ac yn edrych i fyny ar y cloc ar y wal. Mae'n saith munud wedi un o'r gloch ac rydan ni wedi mynd dros ein hamser. Ond heddiw mae hynny'n dderbyniol.

"*Takiwātanga* ..." medda fo, gan roi fy llyfr yn ôl i mi.

Derbyn diyngan.

Yn fy amser ac o fewn fy ffiniau i.

"Beth os adawn ni betha yn fan'na?"

Nodiaf.

Beth.

Os.